일도 사랑도

일단 한잔 마시고

먼슬리에세이 03 음주욕

일도 사랑도
일단 한잔 마시고

권용득 지음

drunken
editor

목차

이슬아 작가의 프리뷰

¶

용득 씨는 내가 아는 사람 중 가장 덜 가식적인 사람이다. 흔히 주고받는 빈말이나 겉치레 인사말도 웬만해선 안 내뱉고, 가뭄에 콩 나듯 그런 말을 해야만 할 때는 매우 어색해한다. 대개의 경우 그는 이야기를 미화하지 않는다.

한 달 전 나에게 추천사를 요청하면서 이렇게 적기도 했다.

"이번 기회에 이슬아 작가님한테 어떻게든 묻어가려는 개수작인 만큼 부담 갖지 말고 편하게 대충대충 써주시면 됩니다." 대단히 용득적인 문장이다.

이런 식으로 말하고 쓰는 사람을 만나면 반가운 마음으로 내 겉치레도 내려놓게 된다. 그런 사람들끼리의 대화는 치트키를 쓴 것마냥 효율적이고 지루하지 않게 흘러간다. 이 책에 수록된 대화들 중 어떤 것들이 너무 웃긴 이유도 그래서다.

나는 용득 씨와 다른 의견을 가진 것이 두렵지 않다. 언제라도 그와 건강하게 충돌할 수 있다는 믿음 때문이다. 그의 말과 글 때문에 웃고 감탄하는 날도 있는가 하면, 그를 타박하고 싶은 날도 있다. 내가 타박한다면 그는 들을 것이다. 그 다음에 이어지는 그의 대답을 나는 또 들을 것이다. 서로의 말을 듣고 어떤 생각은 수정되기도 할 것이다. 같은 이야기를 여러 사람의 시선으로 다시 말해볼 수도 있을 것이다.

그래서 나는 소주를 싫어하는데도 불구하고 용득 씨와 친구가 될 수 있다. 이 책은 첫 장부터 맨 마지막 장까지 소주

냄새가 가실 겨를이 없지만, 소주를 마시지 않는 나 같은 사람도 끝까지 읽는다. 내 삶 역시 일과 사랑과 무관할 수 없는 무수한 인생 중 하나이기 때문이다. 또한 용득 씨가 세상과 불화해온 역사가 흥미롭기 때문이다. 사실 불화하는 듯하며 대단히 용득적으로 독특하게 상호작용한다.

그는 안경을 고쳐 쓰며 옳은 말을 하는 아내와, 예기치 못한 질문을 예기치 못한 순간에 건네는 아이 앞에서 자주 쩔쩔맨다. '좋은 아빠'나 '좋은 남편'이라는 칭찬을 들을 때마다 양심이 찔려서 식은땀을 삘삘 흘리기도 한다.

책 출간은 엎어지고, 새 작품은 아직 구상 중이고, 미래는 불투명한 와중에 일단 보일러실 청소부터 하며 바지 뒤춤을 추스른다. 이 책에서 계획대로 된 일은 하나도 없다. 그 와중에 돈벌이와 사랑과 소주만이 계속되어왔다. 용득 씨 특유의 심드렁한 꾸준함과 항상성 때문이다. 부디 그의 간이 오랫동안 건강하기를 소망한다.

프롤로그

술로 책 쓰는 자의 아무말

¶

이 책에 실린 모든 이야기는 지난 몇 년 동안의 일상을 독자의 '음주욕'을 자극하려는 목적으로 재구성했다. 그 과정에서 주변 사람들을 제멋대로 희화화하기도 했다. 사전에 동의는 구하지 않았다.

그 점 부디 양해 바라며, 부득이하게 소송까지 불사하겠다면 한국저작권위원회에 조정신청을 하여 그 결과를 따르기로 한다. 다만 어느 일방이 조정 결과를 받아들이지 못하여 불가피하게 제기되는 소송은 서울중앙지방법원을 제1심 법원으로 하며 누구든 바쁜 법원 직원과 판사를 귀찮게 할 권리가 있다.

주변 사람들의 이름은 실명을 그대로 쓰기도 했고, 가명으로 쓰기도 했다. 배우자 송아람 씨와 아들 권지홍 군의 호칭은 각각 '마누라'와 '애'로 통일했다. 앞으로 종종 등장할 '마누라'라는 표현은 국립국어원 표준국어대사전에 등재된 첫 번째 의미(중년이 넘은 아내를 허물없이 이르는 말)로 사용했고 '애'는 두 번째 의미(남에게 자기 자식을 낮추어 이르는 말)로 사용했다. 그 점 부디 양해 바라며, 부득이하게 소송까지 불사하겠다면 한국저작권위원회…(중략)… 권리가 있다.

이야기 속 애는 6학년이었다 4학년이 되기도 하고 미취학 아동이 되기도 한다. 시간 순서도 뒤죽박죽 엉켜 있는 셈이다. 그 점 부디 양해 바라며, 부득이하게 소송까지 불사하겠다면 한국저작권위원회…(중략)… 권리가 있다.

끝으로 보잘것없는 이야기지만 읽는 동안 즐겁기 바란다.

이왕이면 읽는 동안 자신을 구속하고 억압하는 모든 것(부모님 잔소리, 직장상사 지적질, 각종 고지서, 어느새 코앞으로 닥친 시험 날짜 또는 납품 기일, 윈도우 업데이트, 월요일 아침 등등)으로부터 잠시나마 해방되기 바란다.

읽는 동안 또는 읽고 나서 술 생각이 간절해진다면 더할 나위 없겠다. 만일 그렇지 못한 경우, 가령 핵노잼이고 책값이 아깝다며 부득이하게 소송까지 불사하겠다면 한국저작권위원회…(중략)… 권리가 있다.

평범한 데이트와 밤샘 작업

¶

마누라와 한창 연애할 때였다. 우리는 만나면 눈에 띄는 술집에 들어가 소주부터 시켰다. 안주가 나오기 전에 소주 한 병을 다 비웠고, 안주가 나오면 소주 한 병을 더 시켰다. 그렇게 우리의 데이트 코스는 매번 술집, 술집 옆에 술집, 길 건너 술집순이었다.

가만히 생각해보니 우리는 낮에 만난 적이 없다. 소주 없이 맨 정신으로 시간을 함께 보낸 적도 없었다. 늘 해질 무렵 만나 이튿날 가장 밝은 시간 어색하게 헤어졌다. 마누라는 말했다.

"우리도 다른 연인들처럼 평범한 데이트 좀 해요."

"어떤 데이트가 평범한 데이트죠?"

"낮에 만나요. 낮에 만나서 점심도 같이 먹고 극장에서 영화를 보든지, 아니면 음…."

"그럼 영화나 볼까요? 낙원상가 허리우드 극장 어때요? 거기 분위기 정말 좋은데."

"좋죠! 저도 낙원상가 좋아해요!"

마침 장마철이었고, 낙원상가 허리우드 극장에서는 《까뮈 따윈 몰라》라는 일본 영화를 상영 중이었다. 마누라와 나는 둘 다 까뮈를 좋아해서 잘됐다 싶었다.

그런데 영화가 핵노잼이었다. 급기야 마누라는 꾸벅꾸벅 졸기 시작했고 나도 끝까지 버티지 못했다. 졸릴 때마다 자세를 고쳐 앉으며 눈을 부릅뜨긴 했는데, 뭘 봤는지 통 기억이 나지 않는다. 아무래도 시차 적응이 안 됐던 것 같다. 말했다시피 마누라와 나는 늘 해질 무렵 만났고, 밤과 낮은 생각보다 멀리 떨어져 있었다.

비록 영화는 핵노잼이었지만 마누라와의 '평범한 데이트'는 지금도 잊지 못할 추억이다. 낙원상가 옥상에서 아무도 찾지 않는 콜라텍 입구를 멍청하게 바라보던 순간이나, 살이 구부러진 낡은 우산 하나를 받쳐 쓰고 비 오는 거리를 하염없이 걷던 순간이나, 그 모든 사소한 순간이 언젠가 막연히 그리워질 것 같았다.

결국 또 소주를 마실 수밖에 없었고, 우리는 여느 때처럼 안주가 나오기 전에 소주 한 병을 비웠다.

마누라는 장모님한테 "친구 집에서 밤샘 작업한다"며 집으로 돌아가지 않았다. 잔뜩 취한 우리는 근처 모텔에서 서로 부둥켜안고 한 몸이 됐다. 오늘이 마지막인 사람들처럼 몇 번이고 섹스를 했다. 한 번, 두 번, 세 번… "밤샘 작업한다"

는 마누라의 말이 아주 거짓말은 아니었다.
이튿날 나는 마누라를 집까지 바래다줬다. 살이 구부러진 낡은 우산은 온데간데없었다. 간밤에 비가 그치는 바람에 술집에 두고 왔는지, 아니면 모텔에 두고 왔는지 알 길이 없었다.
마누라 집 앞에서 헤어지려고 했는데, 왠지 아쉬워서 동네를 한 바퀴 돌았다. 그러고는 마누라가 나를 다시 지하철역까지 바래다줬다. 나는 지하철을 타려다 말고 마누라에게 전화를 걸었다.
"소주나 한잔 더 할까요?"
그길로 우리는 또 소주를 마셨고, 여느 때처럼 안주가 나오기 전에 소주 한 병을 비웠다. 소주를 마실 만큼 마신 우리는 각자 집으로 돌아가려고 했지만 때마침 비가 쏟아지기 시작했고, 살이 구부러진 낡은 우산은 어디 있는지 모르겠고, 하는 수 없이 또 근처 모텔로 갔다. 마누라는 장모님한테 "친구 집에서 또 밤샘 작업한다"고 둘러댔고, 그다음은 말 안 해도 아시겠죠?

이튿날 나는 출판사에 볼일이 있었다. 마누라도 볼일이 있었다. 이제 그만 쿨하게 헤어지기로 했다. 누가 누굴 바래다주는 일 없이 각자 제 갈 길을 갔다. 그런데 출판사 볼일을 마친 나는 집으로 돌아가려다 말고 또 마누라에게 전화를 걸었다.

"어디에요? 소주나 한잔 더 할까요?"

그길로 우리는 또 소주를 마셨고, 하필이면 간밤에 그쳤던 비가 또 쏟아지기 시작했고, 그다음은 말 안 해도 다 아실 테고, 결론부터 말하자면 이튿날은 정말 헤어졌다. 다른 연인들처럼 평범한 데이트 좀 하자며 낮에 만나서 3박 4일을 같이 보낸 셈이었다.

지금은 이따금 그때를 떠올리며 마누라와 달아나려는 배꼽을 붙잡고 정신없이 웃는다.

물론 그때를 떠올릴 때마다 소주가 빠질 수 없다. 대신 지금은 안주가 나오기 전에 소주 한 병을 다 못 비운다. 천천히 마시며 더 오래 얘기한다. 갑자기 쏟아지는 비를 피해 모텔을 찾아 헤매는 일도 없다. 지금은 섹스 없이도 충분히 즐겁다. 진짜다.

bar의 값비싼 추억

¶

2006년 겨울 무렵이었다. 마누라가 술 한잔 하자고 했다. 그 무렵 마누라와 나는 사귀는 사이가 아니었다. 블로그에서 가벼운 농담을 주고받던 사이였는데, 어느 날 갑자기 마누라가 먼저 술을 마시자는 거였다. 단둘이 만나는 건 왠지 어색했다. 블로그에서 같이 농담을 주고받던 다른 친구도 불렀다. 우리 셋은 술을 진탕 마셨고, 마누라도 잔뜩 취했다.

그런데 마누라는 화장실 갈 때마다 내 어깨를 짚는 척 굳이 내 어깨부터 등까지 한 번씩 쓰다듬었다. 훗날 그게 대체 무슨 의도였냐고 물었지만, 마누라는 지금까지 그날 일이 조금도 기억나지 않는다며 자신의 혐의를 완강히 부인하고 있다. 그러면서 애초에 술을 마시자고 꼬신 건 자기가 아니라고 한다. 그럼 나는 마누라의 말을 또 부정하면서 술 마시자고 먼저 꼬신 건 당신이 맞다고 우긴다. 진실규명은 요원한 셈이다.

마누라와의 두 번째 만남으로 내 인생이 통째로 바뀔 줄은 몰랐다. 첫 번째 만남 이후 마누라와 나는 각자 바쁜 연말을 보내면서 아무 연락도 주고받지 않았다. 이듬해 2월, 그러니까 그해 겨울 추위가 마지막 몸부림처럼 기승을 부릴 때였다. 하필 그런 날 동료 만화가가 옥수동 꼭대기 옥탑으로 이사를 한다고 해서 도와주기로 했다. 나 말고 다른 동료 만화가 둘이 더 있었는데, 우리는 이사를 서둘러 마치고 미리

정해진 식순이라도 되는 것처럼 낮부터 술자리를 가졌다.
사내 넷이 아무 말 없이 소주를 물처럼 벌컥벌컥 마시고 있을 때였다. 옆에 있던 친구가 만화가 김성희를 부르자고 했다. 그러더니 옆에 있던 다른 친구는 마누라를 부르자고 했다. 그 옆에 있던 다른 친구는 일전에 마누라와 같이 만났던 친구였다.
얼마 뒤 성희 누나와 마누라가 술자리에 합류했다. 소주를 물처럼 벌컥벌컥 마시던 사내 넷은 소주를 공손하게 꺾어 마시기 시작했고, 어떻게든 분위기를 띄워보려고 저마다 개인기를 아끼지 않았다.
다들 어느 정도 취했을 때였다. 마누라가 3차는 자기가 양주를 쏘겠다며, 자기가 자주 가는 bar로 술자리를 옮기자고 했다. 나는 속으로 bar가 웬 말인가 싶었다. 그 무렵 나는 그 누구보다 가난했고, bar는 나처럼 가난한 사람에게는 간판만 있고 실재하지 않는 공간인 것 같았다. 맨날 소주만 마셔서 그랬을 것이다. 안주도 두 개 이상 시켜 먹은 적이 없어서 그랬을 것이다. 마누라에게 다른 술집을 가자고 했지만 마누라는 괜찮다며 자기가 쏘겠다고 했다. 나중에 알게 된 사실이지만, 마누라도 그 bar의 단골손님은 아니었다. 두어 번 가봤을 뿐이라고 했다.

여섯 명이 맥주 몇 병과 보드카 한 병을 나눠 마셨다. 마누라는 점점 인사불성이 되더니 테이블에 그대로 쓰러졌다. 그러면서 내 손을 있는 힘껏 붙잡았다. 보는 눈도 있고, 나는 마누라 손으로부터 내 손을 빼내려고 했지만 그럴수록 마누라는 내 손을 더 세게 붙잡았다. 그렇게 술자리가 끝날 때까지 한쪽 손을 마누라에게 단단히 붙잡힌 채로 계속 술을 마셨다. 많이 취해서 그런가 보다 했다. 동료들도 마누라가 많이 취했나 보다 하며 웃어넘겼다.

술값을 계산할 때였다. 3차는 마누라가 쏘겠다고 해서 간 거였지만, 잔뜩 취한 마누라의 소지품을 함부로 뒤질 수는 없었다. 그 순간 동료들이 일제히 나를 쳐다봤다. 술값은 20만 원 가까이 나왔고, 마누라는 이미 말이 통하지 않는 상태였다. 나는 떨리는 손으로 내 카드를 긁고, 잔뜩 취한 마누라의 무의식에 호소하는 심정으로 이렇게 말했다.

"저기요, 송아람 씨… 술값 20만 원 나왔어요. 그거 일단 제가 계산했거든요. 나중에 꼭 돌려주세요. 아시겠죠?"

잔뜩 취한 마누라를 혼자 집으로 돌려보낼 수는 없었다. 택시로 마누라 집 앞까지 바래다주는 수밖에 없었다. 나는 또 잔뜩 취한 마누라의 무의식에 호소하는 심정으로 이렇게 말했다.

"저기요, 송아람 씨… 여기가 송아람 씨 집 맞죠? 다 왔어요. 택시비는 제가 냈거든요. 택시비는 얼마 안 나왔으니까 괜찮아요. 그래도 아까 그 술값은 나중에 꼭 돌려주세요. 아시겠죠?"

내 정성이 마누라의 무의식에 통했는지 마누라로부터 먼

저 연락이 왔다. 술값을 갚겠다고 했고, 나는 그럼 다음에 bar를 한 번 더 가자고 했다.

만일 그때 술값을 그냥 현금으로 돌려받았으면 내 인생은 안 바뀌었을지도 모른다. 나도 내가 왜 그랬는지 모르겠다. 생전 안 가던 bar를 한 번 더 가보고 싶었던 건지, 아니면 마누라를 한 번 더 보고 싶었던 건지, 어느 쪽이었다고 자신 있게 말할 수 없다.

어쨌든 돌려받지 못한 술값을 핑계로 마누라를 다시 만났다. 그전에 함께했던 동료들도 다시 모였다. 3차에서 또 문제의 bar를 다시 갔다. 마누라는 또 잔뜩 취했다. 또 내가 계산했다. 또 20만 원 나왔다. 우리는 결혼할 수밖에 없었다.

미치지 않고서야

¶

마누라가 출판만화 강좌를 들으려고 한겨레 문화센터를 다닐 때였다. 한번은 같은 강좌를 듣던 수강생들과 골목길을 걷던 중이었다고 한다. 마누라 발 앞에 갑자기 큼지막한 새똥이 떨어졌고, 일행은 모두 마누라에게 하마터면 새똥 맞을 뻔했다며 억세게 운이 좋다고 했단다. 하지만 마누라는 자신이 틀림없이 새똥을 맞았다고 주장했다. 그 자리에 있던 모두가 마누라 말을 비웃었지만, 확인 결과 마누라 머리카락 한 올에 새똥이 조금 묻어 있었다.

일행 중 누군가가 머리카락 한 올에 묻은 새똥까지 예민하게 알아차리는 마누라를 두고 '완두콩 공주'를 떠올렸던 모양이다. 안데르센 동화 《공주와 완두콩》에 나오는 공주 말이다. 그 공주도 마누라처럼 오리털 이불 열두 장과 매트리스 열두 장 아래 깔린 완두콩 한 알을 대번에 알아차릴 만큼 예민한 성격의 소유자였다.

그날 이후 마누라 별명은 완두콩 공주가 됐고, 마누라도 자기 스스로 완두콩 공주라고 여겼다는데, 글쎄다. 나는 사실 마누라가 공주는커녕 무수리 축에도 끼지 못한다고 생각했다.

휘경동 옥탑방 살 때였다. 마누라는 종종 내가 살던 휘경동 옥탑방을 밤늦게 찾아왔다. 왕자님을 만나려고 폭풍우를 뚫고 달려온 완두콩 공주처럼. 장모님께는 집 앞 만화방에 만화책 돌려준다며 잠깐 나갔다 온다고 하거나, 아니면 친구 집에서 밤샘 작업한다며 거짓말하기 일쑤였다. 밤샘 작업할 때도 있긴 있었다.

이따금 마누라가 학습만화 일을 도와줬다. 아니면 자기 작업에 몰두하기도 했다. 상다리 하나가 고장 난 밥상을 펴놓고 단편만화를 만드느라 일주일 넘게 집으로 돌아가지 않은 적도 있다. 그런 식으로 마누라는 내가 살던 휘경동 옥탑방만 오면 최소 3박 4일씩 머물렀다.

이제 와서 하는 얘기지만, 내가 살던 옥탑방은 완두콩 공주가 지낼 만한 곳이 아니었다. 한여름이면 살갗이 녹아내릴 것처럼 뜨거웠고, 한겨울이면 보일러를 아무리 세게 틀어도 방 안의 공기가 데워지지 않아 늘 코가 시렸다.

에어컨이나 냉장고도 없었고 온풍기도 없었다. 냉·난방용품이라곤 회전하다 마는 선풍기와 찢어진 전기장판이 전부였다. 믿을 수 없는 크기의 바퀴벌레도 자주 출몰했고, 장마철이면 옥탑방도 얼마든지 침수될 수 있다는 교훈을 얻어야 했다(빗물 배수구가 역류했는데 다른 층은 멀쩡했다).

말하자면 내가 살던 휘경동 옥탑방은 완두콩 공주에게 터무니없이 초라했다. 나는 마누라가 나한테 단단히 미친 줄 알았다. 그렇지 않고서야 궁전 같은 제 집을 팽개쳐두고 옥탑방에서 지낼 아무런 이유가 없었으니까.

그런데 마누라는 나한테 미쳐서 그런 것만은 아니었다. 마누라는 사실 그 누구보다 무던한 편인데, 머리카락 한 올에 묻은 새똥을 발견하는 바람에 자신은 완두콩 공주라고 철석같이 믿었을 뿐이다.

한번은 만화가 동료 집에서 셋이 술을 먹다 그대로 잠든 적이 있었다. 잠결에 눈을 떠보니 눈앞에 마누라가 웃통을 홀러덩 까고 자고 있었다(참고로 마누라는 잘 때 브래지어를 하지 않는다). 나는 너무 놀란 나머지 마누라를 흔들어 깨우며 귀에다 속삭였다.

"당신 미쳤어? 여기 성희 누나 집이야."

마누라는 짜증스러운 눈빛으로 나를 힐끔 쳐다보더니 세차게 등을 돌렸다. 그날 우리를 재워줬던 김성희 작가는 마누라가 웃통을 까고 자고 있길래 어떻게 해야 할지 몰라 계속 자는 척했다고 한다. 세상에 무슨 완두콩 공주가 남의 집에서 웃통을 훌러덩 까고 잘까. 마누라는 자기 자신을 몰라도 너무 모르는 것 같다.

처음에는 나도 마누라가 완두콩 공주까지는 아니더라도 약간 공주 같다고 생각했다. 공주에 대한 편견일 수 있지만, 그만큼 마누라 첫인상이 좋지 않았다. 매사 까다롭게 굴며 주변을 피곤하게 하는 사람인 줄 알았다.

마누라와 처음으로 술 한잔 하던 날이었다. 마땅한 술집을 찾지 못해 단골집을 갔는데, 자기는 소고기밖에 못 먹는단다. 근데 하필 그 단골집은 돼지고기만 취급하는 식당이었다. 이미 음식을 주문해서 소주도 한 모금 마셨는데 되돌아 나갈 수도 없고, 곤란했던 나는 아무 말도 하지

앉았다. 잠시 후 소주를 원샷한 마누라가 고기 한 점을 삼키면서 말했다.

"고기는 역시 소고기가 맛있네요."

"저… 그거 갈매기살이에요."

마누라는 두 눈을 동그랗게 뜨고 되물었다.

"갈매기살? 그게 뭐예요? 소고기 아니었어요?"

참, 말했던가? 마누라는 평소 완두콩만 한 바퀴벌레에도 자지러지게 비명을 지르지만, 술만 취하면 전혀 다른 사람이 된다. 황소만 한 바퀴벌레도 맨손으로 가뿐히 때려잡는다. 내가 봤다. 진짜다.

엄밀히 말하면

¶

나는 순전히 술 때문에 마누라와 결혼했다. 엄밀히 말하면 소주 때문이다. 마누라도 나처럼 다른 술보다 소주를 좋아했고, 마누라만 한 술친구는 더 이상 없겠다 싶었다.

마누라는 어땠는지 몰라도 나는 마누라와의 결혼을 조금도 망설이지 않았다. 아니, 엄밀히 말하면 결혼은 생각지도 못했다. 마누라도 결혼 생각이 없었다. 마누라와 소주 한잔 하다 보면 막차는 매번 너무 빨리 끊겼고, 택시비나 여관비는 거기서 거기였다.

물론 휘경동 옥탑방에 살 때는 택시비(또는 여관비) 걱정은 하지 않았지만, 어느 날 눈 떠보니 결혼도 했고 애도 생겼다. 이것도 엄밀히 말하면 애가 먼저 생겼고 결혼은 그다음에 했다.

결혼식을 준비할 때는 모든 게 느닷없고 갑작스러웠다. 내세울 거라곤 '와꾸'밖에 없는 내가 결혼이라니(마누라는 내 와꾸, 그러니까 내 얼굴이 자기 취향이라고 했다), 게다가 곧 아빠가 된다고? 너무 비현실적이었다.

내 수중에는 휘경동 옥탑방 전세 보증금 1,500만 원과 통장에 300만 원이 전부였다. 전세 보증금은 사실 서울 생활 시작하면서 어머니께 빌린 돈이었고, 그 전세 보증금도 새로운 세입자가 나타나야 돌려받을 수 있었다.

그럴싸한 보금자리를 마련할 만한 형편도 안 됐고, 안정된 수입원이 있는 것도 아니었고, 돈벌이는 늘 들쭉날쭉했다.

막막했다. 마누라 배는 점점 불러오는데 나는 아무런 대책이 없었다. 자려고 눈을 감으면 무자비한 현실이 달리는 기차처럼 엄습했다.

마누라는 혼자 모든 짐을 떠안은 것처럼 곧잘 우울에 빠지는 내가 못마땅했을 것이다. 우울에 빠질 줄만 알았지, 그 우울을 벗어날 생각은 못했으니까.

내 주변에 가정을 꾸린 친구가 한 달에 얼마씩 벌고 얼마씩 쓰는지, 나는 오로지 그게 궁금했다. 친구의 경제적 능력과 내 경제적 능력을 비교하기 일쑤였다. 친구가 자신은 '하우스푸어'라며 직장 상사가 아무리 개좆같아도 참고 다닐 수밖에 없다는 넋두리를 할 때마다 여간 부럽지 않았다. 갚아야 할 대출금이 있는 것도 부러웠고, 개좆같은 직장 상사가 있는 것도 부러웠다. 한때는 그 친구가 나를 부러워했는데 말이다. 하고 싶은 일 하며 산다고, 자유로워서 좋겠다며 친구는 나를 부러워했다.

나는 친구에게 우습게 보이고 싶지 않았다. 남자라면 그 친구처럼 자기 가정쯤은 다 책임지는 줄 알았다. 쥐뿔 아무것도 없으면서 장인어른과 장모님께도 내가 다 책임지겠다고 했다.

마누라도 나와 똑같은 책임감을 느끼고 있다는 걸 그때는 몰랐다. 결론부터 말하자면 나는 아무것도 책임지지 못했다. 다른 사람 인생을 책임질 만한 깜냥도 안 됐고, 결혼은 내가 너를 책임지는 일도 아니었다. 나는 나부터 책임져야 했는데, 엄밀히 말하면 그것조차 제대로 책임지지 못한 셈이다.

우울에 빠질 때마다 혼자 불 꺼진 주방 식탁에서 소주를 마셨다. 아무 조리도 하지 않은 비엔나소시지를 안주 삼았다. 우울에 빠진 주제에 비엔나소시지를 맛있게 구워 먹을 수는 없었다. 그럼 잠든 마누라가 "무슨 냄새야?"라며 깰 테니까. 나는 우울에 빠졌을 뿐인데, 마누라 몰래 비엔나소시지를 맛있게 구워 먹는 것처럼 보이면 얼마나 억울하겠나.

아무튼 소주 한 모금 마시고 비엔나소시지 한 입 베어 물면, 그 맛이 나쁘지 않았다. 그렇게 마시면 비엔나소시지 한 봉지에 소주 한 병 반 정도 마실 수 있다. 비엔나소시지를 아껴 먹으면 소주 두 병도 마실 수 있다.

하지만 두 병까지 마신 적은 없다. 비엔나소시지가 너무 맛있어서 도저히 아껴 먹을 수 없었다. 엄밀히 말하면 우울하다고 입맛까지 달아나는 건 아니었다.

내일은 없는 사람들처럼

¶

마누라와 나의 첫 보금자리는 2008년 늦가을 무렵, 경기도 용인의 한 주공아파트였다. 마누라는 바닥만 울퉁불퉁하지 않으면 어디든 괜찮다고 했지만, 양가 부모님께 빌린 전세 보증금 6,000만 원으로는 서울에서 마땅한 전셋집을 찾을 수 없었다. 바닥이 울퉁불퉁하지 않으면 손바닥만 한 빛도 들지 않거나, 빛이 잘 들면 구석구석 너무 낡아서 심란했다. 그런 집조차 우리가 가진 돈으로는 부족했고, 마음에 쏙 들진 않아도 이 정도면 괜찮겠다 싶은 전셋집은 전세 보증금이 어김없이 1억 원을 웃돌았다.

복덕방 사장님은 내가 가진 돈으로 서울에서 마음에 드는 전셋집은 구할 수 없을 거라며 대출을 받아보라고 권유했다. 하지만 대출 이자를 감당할 만한 형편이 아니었다. 서울 어딘가에 혹시 우리 가족이 살 만한 집이 있을까 찾아 헤매다 결국 경기도 용인에 불시착했다.

사실 이런 나도 고향에 가면 내 명의로 된 아파트가 한 채 있다. 모처럼 여윳돈이 생겼던 부모님이 재테크 삼아 마련했던 건데, 이 얘기만 하면 다들 나를 사우디아라비아 석유왕자라도 되는 것처럼 쳐다본다. 그 아파트 매매가가 20년째 3,000만 원 정도라는 사실은 굳이 얘기하지 않는다.

오히려 그 아파트가 내 명의로 돼 있어서 의료보험비나 각종 세금이 가중되길래 한번은 어머니께 아파트를 팔자고 했다. 용인에 전셋집을 구하는 대신 우리 가족이 내려가 살 수도 있었지만, 그렇게 되면 위태로운 일거리가 모두 떨어져나갈 것 같았다. 하루빨리 아파트를 처분하는 편이 여러모로 이로울 것 같았다. 그런데 어머니가 극구 반대하며 울먹이셨다.

"내가 너한테 물려줄 게 뭐가 있냐. 그거라도 지켜야지."

그날 이후 아파트를 팔자는 얘기는 두 번 다시 입 밖으로 꺼내지 않았다. 혹시 또 모르잖아? 가까운 미래에 누군가가 그 아파트 밑에서 석유를 발견할지도.

용인에서의 첫해는 뒤늦게 돌려받은 휘경동 옥탑방 전세보증금 1,500만 원으로 버텼다. 마누라와 나는 영화 〈마션〉의 맷 데이먼이 화성에서 감자로 연명했던 것처럼 1,500만 원을 잘게 쪼개고 쪼개야 했다.

무슨 일이든 할 수 있을 것 같았지만, 애가 태어나자마자 거짓말처럼 일거리가 뚝 끊겼다. 그전까지만 해도 이런저런 일을 제안했던 여러 출판 관계자들은 감감무소식이었고,

이듬해 출간하기로 했던 책마저 안 팔릴 것 같다며 출간이 무기한 연기됐다. 그 무렵 나는 아무 시장 가치도 없었던 모양이다.

한때 친하게 지냈던 사람들과도 연락이 끊겼고, 나는 꼭 화성에 홀로 버려진 맷 데이먼이 된 기분이었다. 아무도 나를 구하러 올 것 같지 않았고, 더 이상 아껴 먹을 감자도 남아 있지 않았다.

나 빼고 다 잘 살고 있는 것만 같은 이 외로운 숨바꼭질이 얼른 끝났으면 했다. 그렇게 나는 나밖에 몰랐다. 곁에 마누라와 애가 버젓이 있는데도 불구하고, 이불 속을 파고들 듯 이불 밖은 살필 겨를이 없었다.

나중에 알게 된 사실이지만, 용인에서의 첫 1년은 그 1,500만 원만으로 버틴 게 아니었다. 마누라가 틈틈이 장인어른께 생활비를 빌렸고, 그 사실을 알게 된 나는 내 자존심부터 앞세웠다. 장인어른께 빌린 아파트 전세 보증금도 언제 갚을지 모르는데, 생활비까지 빌리면 어떡하냐며 화를 냈다. 마누라는 내 기준에 자기를 구겨 넣지 말라며 쏘아붙였고, 마누라와 내 목소리는 나날이 커져 갔다.

지금 다시 생각해보면 시쳇말로 '개빻은 한남'에 불과한 나를 마누라는 대체 어떻게 견뎠는지 모르겠다. 나 같으면 당장 이혼하자고 했을 텐데 말이다.

마누라는 이혼을 선택하는 대신 갓 돌이 지난 애를 어린이집에 맡기고 일을 다시 시작했다. 그제야 정신이 번쩍 들었다. 그때까지만 해도 비엔나소시지와 소주 정도는 내 돈으로 충분히 사먹을 수 있었는데, 만일 그것마저 마누라 돈으로 사먹게 되면 내 자존심이 절대 허락하지 않을 것 같았다.

알고 지내던 출판 관계자들에게 부랴부랴 연락을 돌렸다. 간단한 삽화도 좋으니 아무 일이든 맡겨만 달라며, 팔리지 않는 중고차나 다름없는 나를 영업하기 시작했다. 할 수만 있다면 영혼까지 팔고 싶었다. 하지만 "다음에 연락드릴게요"라는 대답만 돌아왔고, 나 같은 중고차를 찾는 사람은 아무도 없었다.

일을 다시 시작한 마누라에게 주눅 들지 않으려고 집안일을 도맡았다. 그전에도 집안일은 당연하게 생각했지만, 그 무렵 나는 집안일을 그 누구도 함부로 침범할 수 없는 나만의 성역(그것만이 내 세상)으로 여기기 시작했다는 얘기다.

청소와 설거지는 신세한탄에 제법 효과적이었다. 더러운 구석을 닦아내고 오물을 치우면 괜히 내 마음까지 깨끗해지는 것 같았다. 그런가 하면 요리에 열중하기도 했다. 웬만한 찌개나 국은 기본이었다. 밑반찬 두세 개 정도는 한꺼번에 뚝딱 만들었고, 꽃게찜이나 삼계탕처럼 이따금 식당에서 사먹던 요리까지 만들기 시작했다.

마누라는 내가 해준 요리를 늘 맛있게 먹어줬다. 부부싸움을 한 날에도 내가 정성껏 밥상을 차리면 온종일 아무 말 없던 마누라가 먼저 말을 건넸다.

"제육볶음 했네? 소주도 한잔할까?"

마누라와 나의 부부싸움은 그렇게 하루를 채 넘기지 못했다. 힘든 시기였지만, 그 순간만큼은 정말 행복했다. 서로 밑바닥을 볼 만큼 봤으면서 다시 마주앉을 수 있다는 게 한편으로는 기적 같기도 했다.

물론 마누라와 나는 이튿날이면 언제 그랬냐는 듯 다시 싸웠다. 내일은 없는 사람들처럼 온 힘을 다해 싸웠다.

남향의 기적

¶

서울로 이사 오기 전, 경기도 광주에서 햇수로 4년을 살았다. 우리집 세 식구의 첫 보금자리였던 용인 주공아파트는 전세 보증금이 껑충 뛰는 바람에 이사를 갈 수밖에 없었다. 애가 어린이집에 있는 동안 마누라와 나는 주변에 이사 갈 만한 집을 샅샅이 뒤졌다. 서로의 안부를 살뜰히 챙기는 이웃도 생겼고, 애도 다니던 어린이집을 계속 다니는 편이 좋겠다 싶어 이왕이면 원래 살던 동네에서 멀지 않은 곳에 집을 구하려 했다.

하지만 우리가 가진 돈으로는 주변에 살 만한 집을 구할 수 없었다. 동료 만화가들이 모여 살던 파주까지 갔다.

임진강을 지날 무렵에는 군복무 시절이 생각났다. 나는 해군 출신인데 바다가 아니라 임진강과 군사분계선이 내려다보이는 파주 문산의 어느 산꼭대기에서 군생활을 했다. 진해 해군훈련소에서 군사기초훈련을 마치고 갑판병을 지원했지만, 국방부 직속 통신감청부대로 차출됐다.

주 임무는 북한군 통신을 감청해 북한군 최근 동향을 파악하는 건데, 당시 한국군과 북한군이 서로의 통신을 감청한다는 사실은 공공연한 비밀이었다. 관련 기밀을 누설하면 30년형을 기꺼이 받겠다는 무시무시한 서약도 했다. 그만큼 철통같은 보안이 생명이었고, 부대 이름도 공식적으로는 존재하지 않았다. 말하자면 나는 스파이 영화에나 등장하는 비밀요원이었던 셈이다.

생각난 김에 혹시 부대에 관한 정보가 있을까 싶어 검색을 해봤다. 철통같은 보안이 생명이었던 부대답게 당연히 아무 정보도 검색되지 않을 줄 알았는데, 제법 있었다. 특히 '곰신 카페'에 관련 정보가 잔뜩 올라와 있었다. 자기 남친이 그 부대 소속인데, 자기 같은 곰신이 별로 없는 것 같아 외롭다는 얘기가 가장 많았다. 그럴 수밖에. 소수정예였으니까. 그런데 아직도 이렇게 남자친구가 제대할 때까지 기다려주는 여자친구가 있다는 사실이 새삼 놀랍다. 철통같은 보안마저 허물어뜨리는 그들의 사랑을 마냥 축복해주고만 싶다.

문득 '보원 동지'가 떠올랐다. 북한의 한 공군비행단 통신망이었는데, 통신원 중 보원이라는 이름을 가진 여군이 있었다. 해당 통신망에서는 유일한 여군이었다. 다들 보원 동지만 목 빠지게 기다리는 것 같았다. 통신망에 보원 동지만 등장하면 업무 중 잡담을 하듯 시시콜콜한 얘기가 오갔다.

얼굴은 서로 안 보일 테니, 보원 동지에게 목소리나마 잘 보이려고 자기 목소리를 가다듬기도 했다.

한번은 보원 동지가 부재중이었다. 한 통신원이 말했다.

"종달새, 종달새, 거기 있나?"

"종달새, 여기 있다. 말하라우."

"이보라우, 보원 동지 오늘 근무 아닌가?"

보원 동지와 같은 종달새 소속인 듯한 통신원이 대답했다.

"일없다. 보원 동지 그만 찾으라."

"왜 그러나? 보원 동지 근무시간 바뀌었나?"

"니 알 바 아이다."

"뭐이라? 보원 동지가 니 끼가?"

"남쪽 종간나새끼들이 다 듣고 있지 않나!"

그날 밤 그들의 통신망을 같이 엿듣고 있던 부대원들은 한바탕 웃음이 터졌다. 사실 부대원들에게도 보원 동지는 각별한 존재였다. 부대원끼리 자기 근무시간을 보원 동지 근무시간에 맞추려고 우스꽝스러운 경쟁을 하기도 했다.

이제 와서 하는 얘기지만, 당시 부대원들은 보원 동지를 일종의 구원처럼 여겼던 것 같다. 얼굴도 본 적 없고 간단한 말 한마디도 주고받을 수 없지만(감청만 했으므로), 보원 동지는 갑갑한 군생활을 견디게 해준 고마운 사람이었다.

보원 동지는 꿈에도 몰랐겠지? 남쪽 병사들도 북쪽 병사들처럼 꾸벅꾸벅 졸다 보원 동지 목소리만 등장하면 정신을 번쩍 차렸다는 사실을. 북한에도 우리와 조금도 다르지 않은 종간나새끼들이 살고 있구나 싶었다.

그런데 이 정도 얘기는 심각한 군사기밀은 아니겠지? 설마 이 정도 얘기로 30년형 받고 그러진 않겠지? 혹시 법적인 자문을 주실 분은 언제든 연락 바란다.

아무튼 우리집 세 식구는 하마터면 파주로 이사 갈 뻔했다. 동료 만화가들이 모여 살던 파주 탄현면은 진작 알아볼걸 왜 이제야 왔나 싶을 정도였다. 조용하고 아늑한 동네 분위기가 마치 오래전부터 살았던 것처럼 조금도 낯설지 않았다.

집도 그런대로 마음에 들었다. 놀이터도 깨끗했고, 애가 다닐 만한 어린이집도 가까이 있었다. 무엇보다 마누라와 나는 어딜 가든 술집부터 살폈는데, 단골 삼을 만한 술집도 몇 군데 있었다.

모든 게 완벽했고 계약만 하면 되는데 돈이 부족했다. 궁리 끝에 어머니께 1,000만 원을 빌렸다. 그나마 마음에 드는 집을 겨우 찾았는데, 계약을 미루면 아무래도 다른 사람이 금세 채갈 것 같았다. 어머니께 빌린 돈으로 이튿날 곧바로 계약할 생각이었다.

그런데 주변에 괜찮은 전세 매물이 나오면 귀띔해달라고 부탁해놨던 복덕방 사장님에게 연락이 왔다. 광주 양벌리에 '신축' 빌라 한 채가 아주 좋은 조건으로 나왔다고 말이다. '남향'인데 이런 조건은 없다나 뭐라나. 남향이라는 말에는 심드렁했는데, 신축이란 말에 솔깃했다. 새 집에 살아 본 적이 없었기 때문이다. 마침 전세 보증금도 우리가 가진 돈과 어머니께 빌린 1,000만 원이면 충분했다. 나는 그길로 곧장 복덕방 사장님이 소개해준 양벌리 복덕방 사장님을 만나러 갔다.

'희망부동산'

복덕방 이름부터 왠지 일이 잘 풀릴 것 같았다. 복덕방 사장님 차를 얻어 타고 가는 동안 차창 밖 풍경은 기대와 사뭇 달랐지만.

'보행로도 엉망이고 생각보다 시골이네. 마누라가 별로 안 좋아하겠는데…' '어떻게 공장이랑 창고밖에 없냐. 마누라가 별로 안 좋아하겠는데…' '경안천은 나쁘지 않네. 그래도 마누라가 별로 안 좋아하겠는데….'

혼자 이런 생각에 빠져 있는 동안 복덕방 사장님이 한적한 공터에 차를 세웠다. 눈앞에는 두 동짜리 빌라가 한창 공사

중이었다. 복덕방 사장님은 시동을 끄면서 말했다.

"다 왔어요! 여기예요!"

'뭐야, 여기야? 다 짓지도 않은 빌라였어? 게다가 주변에 술집도 없고!'

공연히 헛걸음했구나 싶었다. 내 속을 알 길 없는 복덕방 사장님은 B동은 이미 다 팔렸고, A동도 몇 집 안 남았다며 얼른 계약하라고 재촉했다. 그만 돌아가려는데 사장님이 A동은 3층이 끝내준다며 내 소매를 잡아당겼다. 못 이기는 척 사장님 손에 이끌려 A동 3층으로 올라가긴 갔는데, 세상에… 뭐라고 얘기하면 좋을까? 첫눈에 반했다고 해야 할까?

때마침 해 질 녘이었고, 거실 창문으로 쏟아지는 노을빛에 눈을 제대로 뜰 수 없었다. 창밖은 사방이 막힘없이 트여 있었고, 바로 아래 추수를 앞둔 벼들은 바람이 부는 방향으로 물결처럼 일렁였다. 창밖을 우두커니 바라보는 것만으로 세상을 다 가진 기분이었다.

방 크기는 얼마만 한지, 화장실은 쓸 만한지, 집 안을 꼼꼼히 둘러볼 생각도 못했다. 그제야 복덕방 사장님이 수차례 강조했던 '남향'의 의미가 바로 이거구나 싶었다.

우리가 살던 용인 주공아파트는 1층이었는데, 웬만해선 빛이 들지 않았다. 늘 어두컴컴했고 집 안 구석구석 곰팡이투성이었다. 장마철이면 빨래가 마를 겨를이 없었고, 한겨울이면 수도관 동파로 베란다는 물바다가 되기 일쑤였다.

불과 몇 주 전까지만 해도 전세 보증금을 감당하지 못해 쫓겨나는 비참한 심정이었는데, 홀가분한 마음으로 용인을 떠날 수 있을 것 같았다. 오히려 전화위복 같았고 그동안 사람답게 산 게 아니었구나 싶었다.

정신을 차리고 보니 뭐에 홀린 듯 이미 그 집을 계약했고, 살던 집으로 돌아온 나는 잠들기 전까지 사이비 종교에 빠진 열성 신도처럼 마누라에게 남향의 복음을 전도했다. 이튿날 애를 어린이집에 맡기고 마누라와 함께 집을 다시 보러 갈 때까지 나는 오로지 남향의 장점과 효능만 얘기했다. 마누라도 기대감에 잔뜩 부풀었다.

그런데 막상 집 앞에 도착한 마누라의 표정이 점점 일그러지더니 내 눈을 마주치지도 않았다. 황급히 집 밖으로 빠져나가길래 얼른 마누라를 쫓아갔다. 마누라는 그대로 땅바닥에 주저앉아 두 손으로 얼굴을 가리고 울기 시작했다.

"다 짓지도 않은 빌라잖아? 도배도 안 돼 있고? 당신 미쳤어? 이런 집을 계약하게?"

"아니, 우리가 이사 오기 전에 완공될 거래."

"완공되면? 지금 우리가 사는 집보다 훨씬 좁던데, 당신 안방 봤어? 침대나 옷장은 들어가지도 않겠던데?"

"아, 그래? 지금 쓰는 침대는 어차피 망가졌으니까 이참에 버리고 다음에 새로 하나 사자. 그런데 말야, 이 집이 남향인데…"

마누라는 내 말을 가로채며 분통을 터뜨렸다.

"몰라! 주변에 온통 논밭뿐이고! 이게 뭐야! 지홍이 어린이집은?"

"근처에 하나 있긴 있던데… 근데 말야, 이 집이 남향이거든. 지금 시간이 애매해서 그런데 이따 해 질 녘에 다시 오면…."

"그놈의 남향! 제발 좀 그만해!!"

마누라가 그렇게 서럽게 우는 건 처음 봤다. 뭐 이런 또라이 같은 남편이 다 있나 싶었겠지.

그 전날 거실 창문으로 물밀듯 쏟아지던 눈부신 노을빛과 세상을 다 가진 것만 같은 창밖 풍경을 마누라에게도 꼭 보여주고 싶었는데, 나는 미안하다는 말밖에 달리 할 말이 없었다. 마누라는 주저앉았던 몸을 일으켜 엉덩이에 묻은 흙을 털면서 말했다.

"밥이나 먹자."

나는 재빨리 주변을 둘러보았다. 하지만 마누라 말대로 주변은 온통 논밭뿐이었다. 무작정 식당을 찾아 걷다 어느 골목에서 '청수부대찌개'라는 간판을 발견했다. 살던 집을 식당으로 개조한 듯했다. 그동안 세월의 풍파에 얼마나 시달렸는지 간판에는 온전한 글자가 하나도 없었다.

"일부러 찾아오지 않는다면 이런 곳에 식당이 있는 줄 모를 테니까, 맛집이 틀림없을 거야."

마누라는 더 이상 내 말을 믿지 않는 눈치였다. 우리는 부대찌개가 익을 때까지 아무 말도 하지 않았다. 부대찌개마저 마누라 입맛에 안 맞으면 어떡하나, 나는 그 걱정뿐이었다. 한편으로는 술 생각이 간절했지만 가까스로 참았다. 술이나 한잔하면서 대충대충 좋게좋게 유야무야 넘길 상황이 아니었다. 끓어 넘치기 시작한 부대찌개를 마누라가 한술 뜨더니 말했다.

"먹을 만하네."

나는 마누라에게 더 열심히 살겠다고 약속했다.

다행히 지금은 마누라가 나보다 더 양벌리를 그리워한다. 애도 서울에서 태어난 주제에 자기 고향은 양벌리라고 우긴다. 물론 양벌리에서의 모든 시간이 좋았던 건 아니다. 지독하게 싸우며 서로의 밑바닥을 숨기지 못했다. 시시포스의 형벌 같은 일상에 몸서리치기도 했다.

더군다나 나는 더 열심히 살겠다던 약속을 지키지 못했다. 때때로 열심히 살고 있다는 착각에 빠졌을 뿐이다. 그럼에도 마누라와 나는 지금까지 용케 헤어지지 않았다. 어쩌면 이게 다 남향의 기적 덕분이 아닌가 싶다.

살벌한 책임감

¶

양벌리 살 때 마누라는 이따금 운전을 하고 다녔다. 장인어른이 운전면허 없는 마누라를 볼 때마다 "요즘 세상에 남자든 여자든 운전면허는 필수"라며 구박했었는데, 양벌리 살면서 마누라가 드디어 운전면허를 땄던 것이다. 필기시험은 무려 만점을 받는 기염을 토하기도 했지만 도로주행은 가까스로 합격했다.

어쨌든 당시 마누라의 해방감은 오랜 식민통치로부터 벗어난 독립운동가에 견줄 만했다. 마누라는 운전면허증을 발급받자마자 그동안의 설움을 쏟아내듯 말했다.

"아, 이제 아빠 잔소리 그만 들어도 되겠다!"

물론 아시다시피 운전면허가 운전 실력을 증명하는 건 아니다. 마누라가 차를 몰고 나갈 때마다 불안해서 나는 아무 일도 손에 잡히지 않았다. 특히 아침에 애를 어린이집까지 데려다주겠다고 차를 몰고 나가면 안절부절못했다.

걸어서 가면 10분도 안 걸리는 거리인데, 어떤 날은 30분 넘게 돌아오지 않았다. 시내 대형마트라도 갔다 온다고 하면 실종신고부터 해야 하는 게 아닐까 싶었다. 두루마리 휴지 정도는 집 앞 마트에서 사도 될 텐데, 그만큼 마누라의 운전은 불안할 뿐만 아니라 비효율적이었다.

구태여 대형마트에서 장을 봐오겠다며 차를 몰고 나갔던 마누라가 또 감감무소식이었다. 도저히 안 되겠다 싶어 실종신고를 하려던 찰나 마누라로부터 전화가 왔다. 겁에 잔뜩 질린 목소리였다.

무심코 앞차를 따라가다 샛길로 빠졌는데, 하마터면 샛길 아래로 굴러 떨어질 뻔했다나 뭐라나. 어둡고 좁은 샛길에서 차바퀴 한쪽이 아슬아슬하게 샛길 가장자리에 걸렸던 모양이다. 마누라 운전 실력으로는 앞으로 갈 수도 없고 뒤로 갈 수도 없는 상태였다.

마누라는 눈에 띄는 물류창고로 다짜고짜 뛰어들었다고 한다. 아무나 붙잡고 차 좀 빼달라고 부탁했단다. 마누라 말로는 자기는 어떻게 해도 빠져나올 수 없었는데, 자기를 도와준 아저씨는 시동을 걸자마자 빠져나왔다고 한다. 어떤 상황이었을지 대충 짐작이 갔고, 나는 터져 나오는 웃음을 참을 수 없었다.

그날 이후 마누라는 한동안 운전을 하지 않았다. 아빠 잔소리만 아니면 운전면허 따위 딸 생각도 없었다며 장인어른을 원망했다. 나는 말했다.

"그래도 운전면허 있으면 좋지 뭐."

"뭐가 좋은데? 나는 지금까지 운전면허 없이도 잘만 살았는데?"

"지금이야 운전이 서툴러서 그렇지, 하다 보면 늘 거야. 그럼 가고 싶은 데 생기면 언제든 떠날 수 있잖아. 보고 싶은 사람 있으면 언제든 찾아갈 수 있고."

마누라의 불안하고 비효율적인 운전이 요긴할 때도 있었다. 양벌리 근처 중대물빛공원은 우리집 세 식구가 즐겨 찾던 장소였다. 호수를 산책하며 한가로운 시간을 보내고, 호수 주변 맛집에서 저녁을 때우곤 했다. 당연히 소주도 한잔 했다.

그런데 마누라는 운전면허를 따고 나서부터는 소주를 안 마셨다. 마누라가 운전면허를 따기 전까지만 해도 대리운전을 이용했는데, 앞으로는 자기가 운전을 하겠다고 했다. 안줏거리나 다름없는 음식들을 눈앞에 두고 소주를 참는 마누라가 대단해 보였다.

다만 마누라가 소주를 찹을 때마다 나는 목숨 걸고 소주를 마시는 것 같았다. 마누라는 오로지 앞만 보고 달렸다. 뒤를 돌아보는 법이 없었고, 옆에서 내가 뭐라 하든 아랑곳하지 않았다. 오로지 앞만 보고 달렸다. 그때만큼은 그 누구도 마누라를 멈출 수 없었다.

지금 마누라는 운전을 하지 않는다. 마누라에게 운전은 마치 전생의 일처럼 까마득해졌다. 서울은 양벌리와 도로 사정이 천지 차이니까, 어쩌면 당연한 수순이다. 당장 집 앞 도로만 해도 마누라에게는 살벌한 정글이나 다름없다. 식은땀을 줄줄 흘리며 운전을 할 바에야 대중교통이 훨씬 간편하다. 멀리 사는 친구가 보고 싶으면 KTX를 이용한다. 사실 나도 마누라가 운전면허를 왜 땄을까 싶다.

전생에 나라를 아무리 구해도

¶

올해 만으로 마흔셋. 《논어》에 의하면 웬만한 세상일에 흔들리지 않는다는 불혹을 훌쩍 넘어섰다. 민방위훈련마저 끝나 국방의 의무로부터 자유로워진 X세대 끄트머리이자 영포티 또는 차세대 꼰대.

지금 생각해보면 우스운 얘기지만, 나는 내가 이렇게 오래 살 줄 몰랐다. 내게는 남다른 재능이 있지만 그 남다른 재능은 살아 있는 동안 끝내 빛을 보지 못하고, 끈질긴 불운과

가난에 시달리다 아무도 모르게 조용히 세상을 떠날 줄 알았다. 이를테면 반 고흐처럼 이번 생은 글러먹었다고 생각했다. 내 책은(내 입으로 이런 얘기 좀 그렇지만) 정말 재밌는데 더럽게 안 팔리는 것도 운명 아닌가 싶었다.

그런데 어느 날 눈떠보니 고흐와 달리 웬 여자와 결혼도 했고, 애도 하나 있는 것이다. 생전에 그림이 더럽게 안 팔린 고흐와 책이 더럽게 안 팔리는 나는 그것 말고는 닮은 구석이 조금도 없다. 게다가 애는 무럭무럭 자라 어느새 초등학교 6학년이 됐고, 여드름 난 얼굴을 거울로 이리저리 뜯어보기 시작했다.

참 이상한 일이다. 웬 여자와 하루가 멀다 하고 부지런히 술을 마셨을 뿐인데 말이다. 지금도 가만히 눈을 감으면 그 웬 여자와 다정하게 귓속말을 속삭이던 어느 겨울 술자리로 돌아갈 수 있을 것만 같다. 그 시절이 그립다는 얘기가 아니라, 먹고사느라 숨 가쁜 지금이 이따금 낯설다는 얘기다.

그 시절 나는 돈 없이 살 수 있다고 자신했다. 혼자 먹고살 만한 돈은 곧잘 벌었고, 돈보다 늘 내 만족이 먼저였다. 하고 싶은 일을 하며 산다는 자부심도 컸다. 온종일 만화만 만들다 죽어도 나쁘지 않겠다 싶었다.

그런데 지금은 아무리 눈을 감아도 내 만족이나 자부심에 사로잡히던 과거로 돌아갈 수 없다. 만화 원고료는 그때나 지금이나 큰 차이가 없는데, 웬 여자와 다정하게 귓속말을 속삭이던 어느 겨울 술자리는 너무나 아득한 일이 되고 말았다. 남다른 재능은커녕 보잘것없는 재능이라도 쥐어짜내 생활 전선에 투신해야 한다. 눈앞의 현실은 마치 내가 남들처럼 가정을 꾸리길 기다렸다는 듯 무자비하기만 하다.

그렇다. 나는 돈 없이 살 수 있다는 착각에 빠졌을 뿐이다. 전세 보증금이 모자라 살던 집에서 쫓겨날 뻔하던 어린 시절은 까맣게 잊고 살았다. 그 무렵 부모님은 등껍질을 빼앗긴 소라게처럼 동분서주했는데, 철없는 나는 '집이 없으면 텐트에서 살면 될 텐데…'라고 생각했다. 방문 틈새로 새어 나오던 부모님의 한숨을 이해하지 못했다.

그리고 지금 나는 그때의 부모님보다 더 나이가 들었고, 이제야 잊고 살던 부모님의 한숨을 어렴풋이 이해한다. 웬 여자, 그러니까 마누라와 애와 함께 살려면 텐트 말고 집이 필요했고, 생각보다 많은 돈이 필요했다. 그때 부모님은 어떻게든 가난만큼은 대물림하지 않으려고 필사적이었던 것이다.

하지만 나는 부모님만큼 필사적이지 못했다. 어느 정도 꾸준히 돈을 벌고 있지만, 그 돈으로 세 식구가 살 수는 없다. 만화가인 마누라가 버는 돈까지 합해도 내 또래 직장인 평균 연봉이 안 된다. 다행히 내 또래 직장인에 비해 쓰는 돈이 많지 않아 가까스로 버티고 있을 뿐이다.

만일 병든 부모님을 부양해야 하거나 집안에 누군가 연대보증이라도 섰다 잘못되면 그대로 풍비박산이다. 그 흔한 생명보험도 하나 없고, 푼푼이 모아둔 저축도 얼마 전 가족 여행으로 탕진했다. 마누라와 나는 하루 벌어 하루 먹고사는 일용직이나 다름없고, 죽을 때까지 경제적 불안으로부터 자유로울 수 없다.

그런데 그 불안으로부터 자유로운 사람이 몇이나 될까. 입에 금수저를 물고 태어나지 않은 이상 대부분은 저마다 경제적 불안에 시달리지 않을까. 당장 내 주변만 봐도 집이 있는 친구들은 대출금을 갚느라 생활이 그다지 여유로워 보이지 않는다.

우리는 재계약할 때마다 껑충 뛰어오르는 전세 보증금을 감당하지 못해 몇 해 전부터 처갓집 신세를 지기 시작했다. 장인어른과 장모님이 살던 집을 비워주셨는데, 그 덕분에 친구들은 나더러 "전생에 나라를 구한 게 틀림없다"며 부러운 속내를 감추지 않는다. 그럴 수밖에. 집세 아끼는 것만으로도 우리집 세 식구의 삶은 그전과 완전히 달라졌다.

그전까지만 해도 가족 여행은 엄두도 내지 못했다. 한 번씩 부모님 계신 왜관에 내려갈 때마다 그걸 가족 여행으로 삼았다. 모처럼 외식할 때마다 통장 잔고를 확인해야 했다. 통장 잔고가 모자라 결제가 안 되면 곤란하니까.

생활비가 떨어져 애 돌반지를 팔 때는 손에 땀을 쥐고 '오늘의 금 시세'만 들여다봤다. 돌반지를 내다 팔고 며칠 뒤, 갑자기 솟구치는 금값을 속수무책으로 지켜보면서 그렇게 원통할 수 없었다. 그래도 애에게는 용케 가난이 대물림된 것 같진 않다. 그 옛날 부모님처럼 전세 보증금이 모자라 한숨을 내쉬었던 어느 날, 애는 내가 속으로만 했던 생각을 천진스럽게 말로 꺼냈다.

"집이 없으면 텐트에서 살면 되잖아? 재밌겠네!"

물론 마누라와 나의 경제적 불안은 선택의 여지조차 없이 궁지에 내몰린 사람들의 경제적 불안에 비할 바는 아니다. 우리집 세 식구가 한때 아무리 가난했다고 해도 배부른 고민일 수밖에 없다. 다만 돈을 버는 족족 알 수 없는 미래에 쏟아부어야 하는 삶을 행복하다고 말하긴 어렵다.

마누라는 종종 말한다. 알 수 없는 미래에 대한 걱정에도 불구하고, 불안한 행복이라도 누릴 수 있는 지금이 우리 인생의 황금기라고. 그럴 수 있겠다. 등껍질을 빼앗긴 소라게처럼 동분서주하던 젊은 부모님은 그 후로도 오랫동안 정신없었다. 지금은 내가 그 전철을 고스란히 밟고 있지만, 나는 여전히 부모님만큼 필사적이지 못하다.

더군다나 이건 내가 꿈꾸던 마흔셋이 아니다. 내가 꿈꾸던 마흔셋은 언제든 눈만 감으면 웬 여자와 다정하게 귓속말을 속삭이던 과거로 훌쩍 돌아갈 수 있을 줄 알았다. 반 고흐처럼 제때(?) 죽지 못했다면 책이라도 잘 팔릴 줄 알았다. 나이가 들수록 돈이 필요한데(하다못해 병원비가 더 들테고), 나처럼 허무맹랑한 인간도 노후 대비는 할 수 있을 줄 알았다는 얘기다. 그런데 나이가 들수록 사는 게 점점 두

렵다. 전생에 나라를 구한 내가 이 정도면 무언가 단단히 잘

못됐다.

대충 마시다 마는 소주처럼

¶

온종일 책상 앞에 앉아 있다 보면 머릿속에 떠오르는 생각을 페이스북에 부지런히 쏟아내게 된다. 한동안은《천일야화》의 세헤라자드처럼 매일매일 쏟아냈다. 갈수록 페이스북에 머무는 시간이 많아진 건, 그만큼 내 시간이 많아졌기 때문이다.

결혼 초기만 해도 상상할 수 없던 일이다. 애 보랴 밭매랴 한눈팔 여유가 없었다. 지금은 애도 자기 혼자 잘 놀고, 마누라도 자기 일로 충분히 바쁘고, 집안일은 애초부터 산더미처럼 미루어놨다가 한꺼번에 해치우는 편이다.

더군다나 2016년 여름에는 페이스북에 올리던 글로 운 좋게 책도 내고 돈까지 벌게 됐다. 만화는 안 만들고 열심히 한눈팔다 뜻밖에 부업이 새로 생긴 셈인데, 원고 청탁은 대개 페이스북 얘기로 시작된다. 페이스북에 올리는 글이 재밌다며 "평소 페이스북에 올리는 것처럼 부담 갖지 말고 가볍게 써달라"고 부탁하기 일쑤다.

대체 무슨 생각으로 그런 말씀을 하시는지 모르겠지만, 나는 세상에 이보다 부담스러운 요구가 또 있을까 싶다. '평소처럼 가볍게'가 말처럼 쉬웠다면, 아사다 마오가 트리플 악셀 실패했다고 눈물까지 흘리는 일은 없었을 테니까. 내 글이 아사다 마오의 피겨 실력과 버금간다는 얘기는 아니다.

평소 밥 먹듯 반복하던 트리플 악셀도 누가 아이스링크 깔아주면 삐끗할 수밖에 없듯, 평소 페이스북에 가볍게 올리던 얘기도 누가 원고료를 준다고 하면 어깨에 힘이 잔뜩 들어갈 수밖에 없다. 내 글이 그만한 값어치가 있을까 갸우뚱했지만, 그렇다고 이게 내 길이 맞나 고민한 적은 없다. 부업, 본업 가릴 형편이 아니었다.

한편으로는 어리둥절할 때도 있다. 글 한 편에 들이는 노동에 비하면 만화 한 편에 들이는 노동은 중노동이나 다름없는데, 글 한 편의 원고료가 만화 한 편의 원고료보다 많을 때도 있다. 불합리하다고 생각했다.

그런데 글도 쓰면 쓸수록 어려웠고, 돈값 하는 만화 한 편 만드는 것만큼 돈값 하는 글 한 편 쓰는 것도 만만치 않은 중노동이었다. 나름 정성을 다했지만, 그 정성도 어디까지나 내 만족에 불과했다. 오히려 그 정성이 편집자를 괴롭힐 때도 있었다. 정성을 다한답시고 마감을 지키지 못한 경우도 제법 있었기 때문이다.

그리고 이건 비밀인데, 원고료가 많든 적든 결과물은 큰 차이가 없다. 만화를 만들 때도 그랬고, 글을 주로 쓰고 있는 지금도 마찬가지다. 돈보다 매번 내 만족이 먼저였다. 내 만족을 좇다 보면 그만큼 돈 쓸 시간이 부족해서 돈으로부터 자유로워졌다는 착각에 빠지기도 했다.

그러나 모든 만족에는 한계가 있다. 세헤라자드의 다음 얘기를 갈망했던 샤리아르 왕도 세헤라자드의 다음 얘기를 듣기 위해서는 그만한 대가를 지불해야 했다. 즉, 세상에 공짜는 없고 이왕이면 원고료 많이 주는 청탁이 좋다는 얘기다.

사실 책 팔려고 시작한 페이스북이다. 2012년 가을 무렵이었고, 당시 나는 내 만화를 소책자로 만들어 팔았다. 판로는 내 블로그와 (지금은 사라진) 홍대의 만화 카페 '한잔의 룰루랄라'뿐이었다. 소책자 100권 파는 데 몇 달이 걸렸고, 한 친구는 그런 내가 미련스러워 보였는지 페이스북을 추천했다. 100권 정도는 페이스북에서 한 달이면 다 팔 수 있을 거라나 뭐라나. 솔깃했다.

페이스북에 책 광고를 했더니 진짜 그 친구 말대로 한 달도 채 안 돼서 책 100권을 다 팔았다. 이듬해에는 내 만화와 마누라 만화까지 소책자로 만들어 팔았다. 페이스북을 통해 알게 된 음악가 한받 씨가 자신의 구루마에서 내 책과 마누라 책을 대신 팔아주기도 했다.

이러다 금방 부자가 될 것 같았지만 말했다시피 나는 돈보다 내 만족을 좇는 사람이고, 책 팔면서 엉뚱하게 내 얘기 쓰는 재미에 흠뻑 빠졌다. 그전에도 메모는 습관처럼 했지만, 페이스북은 그 메모를 좀 더 정성스럽게 기록하는 계기가 됐다.

지금은 페이스북이 피곤할 때도 더러 있다. 나는 내 생각을 페이스북에 최대한 있는 그대로 올릴 뿐이지만, 누군가는 그런 내 생각이 못마땅한지 바로잡으려 할 때도 있다. 어느 순간 나도 누군가의 생각을 바로잡으려 할 때도 있다.

가만히 살펴보니 페이스북은 그와 같은 참견과 말싸움(키보드 배틀)을 부추기고 있었다. 이를테면 내가 페이스북에 '소주는 몸에 해롭지만 정신건강에는 이로울 수 있다'는 얘기를 올리면, 페이스북은 어김없이 소주 얘기를 내 뉴스피드 상단에 띄운다. 마치 모든 사람이 소주에 관해 한마디씩 하고 있는 것처럼.

그중에는 '소주는 몸에 해로울 뿐만 아니라 정신건강에도 해롭다'는 얘기도 있을 텐데, 그럼 나는 못 본 척 지나칠 수 없다. 시쳇말로 낚이고 마는데, 그런 식으로 키배를 거듭하다 보면 어떤 주제든 결국 비슷한 생각을 가진 사람만 주변에 남게 된다.

나는 점점 내 생각에 갇히게 되고, 이건 아니다 싶으면 소주를 마신다. 스마트폰이 아직 없던 나는 적어도 소주를 마시는 동안은 페이스북에 접속할 수 없었다. 그제야 가까스로 내 생각으로부터 벗어날 수 있었다. 밑 빠진 독에 물 붓는 것만 같은 내 만족으로부터 벗어날 수도 있었다.

문득 뭐든지 '평소처럼 가볍게' 할 수 있다면 얼마나 좋을까. 뭐든지 대충 마시다 마는 소주처럼 크게 아쉽지 않다면 얼마나 좋을까. 물론 한번 마시면 끝장 보려는 주당도 계시겠지만 나는 소주만큼은 정성을 다해 마시지 않는다.

다른 건 몰라도 소주는 마시다 말고, 내일 또 마신다. 내일 못 마시면 모레 마시고, 모레 못 마시면 글피에 마신다. 아, 인생도 진작 소주 마시는 것처럼 살았어야 하는데 말이다.

지금은 아무 때나 세상으로부터 단절될 수 있던 폴더폰을 스마트폰으로 바꿨다. 혼자 소주 마실 때조차 페이스북에 얼마든지 허튼소리를 쏟아낼 수 있고 여차하면 키배까지 가능하다. 완전 망했다.

일이 먼저였는지, 술이 먼저였는지

¶

2006년 여름, 싱가포르에서 열린 한 프로젝트에 참여했을 때다. 유럽과 아시아 만화가들이 한자리에 모여 '이민과 이주'를 주제로 무크지를 만드는 자리였는데, 보름 남짓한 시간 동안 저마다 어떤 내용의 만화를 만들지 회의를 거듭했다. 영어가 서툴러서 말이 잘 안 통했던 나는 얼른 그 지루한 회의가 끝나기만 기다렸다. 회의가 끝나면 어김없이 뒤풀이가 이어졌고, 그럼 나는 그제야 살았다는 듯 부지런히 술을 마셔댔다.

일행 중 나처럼 말없이 부지런히 술만 마셔대던 친구가 있었다. 핀란드 헬싱키에서 온 토미였다. 토미는 영어가 능통했지만 과묵한 편이었다. 토미와 나는 매번 마지막까지 남아서 술을 한 방울이라도 더 마셨고, 어느 순간 한 몸처럼 붙어 다녔다. 다행히 토미와의 대화는 큰 어려움이 없었다. 오히려 술을 마시다 보면 토미가 영어를 하고 있는 건지 우리말을 하고 있는 건지 헷갈릴 지경이었다.

보름 남짓한 시간이 지나고 각자 자기 나라로 돌아갔다. 토미와의 인연도 거기서 끝인 줄 알았다. 그런데 몇 개월 뒤 토미로부터 연락이 왔다. 자기가 만들고 있는 무크지와 만화 신문에 참여해달라는 요청이었다. 원고료도 준다길래 흔쾌히 수락했다. 나중에는 내 단편만화 《막차》를 번역 출간해서 책값의 12%에 해당되는 인세를 챙겨주기도 했다. 독립만화 출판사를 꾸려가고 있던 토미가 고맙게도 내 만화를 눈여겨봤던 모양이다.

하지만 토미는 몇 년 뒤 재정난을 극복하지 못하고 출판사를 폐업했다. 드디어 토미와의 인연도 거기서 끝이구나 싶었는데, 이번에는 헬싱키 만화축제 사무국으로부터 연락이 왔다. 비행기표와 숙소를 제공해줄 테니 놀러 오라는 것이었다. 거부할 이유가 없었다.

나는 토미가 만화축제 사무국에 나를 추천한 줄 알았다. 한국에서는 듣보잡이나 다름없지만, 한국 사정을 모르는 헬싱키 만화축제 사무국에 토미가 나를 한국의 대표 웹툰 작가 '강풀' 급으로 부풀린 게 아닌가 의심했다. 그런데 토미는 행사장을 돌아다니던 나를 발견하고는 귀신이라도 본 것처럼 깜짝 놀랐다.

그러니까 일은 이렇게 된 것이다. 싱가포르에서 사귄 술친구가 하필 독립만화만 죽어라 찍어내는 출판사를 겸업하는 만화가였고, 그 술친구가 내 만화를 핀란드에 몇 차례 소개

했고, 안타깝게도 출판사는 쫄딱 망했지만 내 만화는 핀란드에 계속 유통됐고, 결국 헬싱키 만화축제에까지 초청받는 행운 당첨!

토미와의 인연은 거기서 정말 끝인 줄 알았다. 꿈만 같던 시간은 언제나 눈 깜빡할 사이에 지나가기 마련이고, 그 뒤로는 각자의 생활로 돌아가야 했으니까.

재작년 겨울, 마누라의 만화책《두 여자 이야기》불어판이 프랑스 앙굴렘 만화축제 공식경쟁부문에 오르는 경사가 있었다. 마누라가 현지에서 진행되는 시상식에 초청받아 애랑 나도 앙굴렘 만화축제를 구경할 수 있었다. 마누라는 그 영광의 기회를 혼자 누릴 수도 있었지만,《두 여자 이야기》를 만들면서 안 풀릴 때마다 같이 술 마셔줬던 내 공로를 잊지 않았던 것이다. 물론 그전까지 "내 덕분에 헬싱키도 가보지 않았냐"며 마누라에게 틈만 나면 생색을 내기도 했지만.

해 질 녘의 앙굴렘을 무작정 걷고 있던 차였다. 누군가 건너 편에서 귀신이라도 본 것처럼 "어? 어!" 하는 감탄사를 연발했다. 토미였다. 그 순간, 낯설던 앙굴렘이 익숙한 동네 골목처럼 느껴졌다.

이제는 토미와의 인연이 그게 끝이 아닌 줄 안다. 우리는 또 언젠가 다시 만날 것이다. 그럼 우리는 늘 그랬던 것처럼 보드카에 맥주를 안주 삼을 것이다.

친구가 없는 이유

¶

술 좋아한다고 자처하는 사람은 부담스럽다. 그런 사람은 대개 아무 때나 과음과 폭음을 일삼는 편인데, 꼭 그래서만은 아니다. 그런 사람이 술에 취하면 수차례 했던 얘기를 다시 반복하기 일쑤인데, 꼭 그래서만도 아니다. 또 그런 사람은 술만 있으면 그 누구와도 쉽게 친구가 될 수 있는 것처럼 굴지만, 그 우정이 술자리가 끝난 뒤에도 이어지는 일은 웬만해선 없다. 만일 그 우정이 술 한 방울 없이 계속 이어진다면 서로 이해관계가 얽혀 있는 건 아닌지 의심해볼 만하다.

무엇보다 술은 엄밀히 따져봐야 하는 복잡다단한 갈등과 오해를 대충 뭉뚱그리기도 한다. 말하자면 그런 사람이 그 누구와도 쉽게 친구가 되려면, 또 그 누구와도 갈등과 오해 없이 평화로운 관계를 유지하려면 항상 술에 취해 있어야 한다. 그런 사람이 주워섬기는 낭만과 풍류는 술 없이 불가능하고, 그 낭만과 풍류를 맨 정신으로 바라보면 아름답기는커녕 한심할 때가 많다.

술에 대해 많이 아는 사람도 피곤하다. 그런 사람은 대개 술자리에서 자신이 그동안 주워 모은 술에 관한 각종 지식을 뽐낼 기회만 호시탐탐 노린다. 누군가 웃긴 얘기를 하더라도 진심으로 웃지 못하고, 게임을 하듯 자신의 차례가 돌아오기만을 기다린다.

누군가 술에 관해 한마디라도 하면, 사냥감에게 달려드는

맹수처럼 그 찰나를 놓치는 법이 없다. 예컨대 누군가 "이 맥주는 맛이 좀 색다른데? 어느 나라 맥주지?"라고 혼잣말이라도 중얼거리면, 그길로 우리는 맥주의 기원과 효모의 효능 따위를 강제로 공부하게 된다. 그 공부는 어김없이 막걸리나 와인이나 위스키로 주제가 확대되기 마련이고, 술자리는 어느 순간 하품이 쏟아지는 강의실로 돌변한다. 그럼 잊고 있던, 집안에 급한 볼일이 갑자기 떠오를 수 있다. 가령 이런 식으로… "아, 저 먼저 가볼게요. 오늘 큰집에 제사가 있는 걸 깜빡했네요."

반면 나는 술 싫어하는 사람은 그러려니 한다. 부담스럽지도 않고 피곤하지도 않다는 얘기다. 술은 당연히 싫어할 수 있다. 술은 건강에도 해롭고, 여러 사회 문제를 일으키기도 하니까. 흥겹던 술자리에서의 사소한 말다툼이 서로 멱살을 잡는 불상사로 이어지는 경우는 너무 흔하고, 자신의 생명뿐만 아니라 타인의 생명까지 위협하는 음주운전은 두말

할 것도 없다. 온갖 범죄자들이 법정에서 자신의 심신미약 상태를 강조할 때마다 핑계 삼기 좋은 것도 술이다.

"술에 취해 기억나지 않는다"는 말은 성폭력 범죄자들의 단골 레퍼토리다. 게다가 우리나라 판사들은 술에는 이상할 정도로 관대한 편이어서, 이른바 '주취감경'은 한동안 공분의 대상이었다(2013년 6월부터 시행된 '성폭력범죄의 처벌 등에 관한 특례법'에서는 음주 또는 약물로 인한 심신장애 상태에서의 성폭력범죄는 감경 고려 대상에서 제외하기 시작했다).

이처럼 술의 부정적인 측면을 열거하자면 끝이 없고, 그래서 술이라면 몸서리치는 사람의 심정이 충분히 이해가 간다. 술은 죄가 없지만 술을 마시고 남에게 함부로 피해를 주는 사람은 엄벌해 마땅하다.

그러나 술 싫어하는 사람에게 나는 위의 두 가지 유형과 크게 다르지 않다. 그런 사람에게는 똥파리도 새나 마찬가지

인 것이고, 그런 사람과 내가 아무리 친구가 되고 싶다 하더라도 그가 나를 먼저 거부할 수 있다. 그렇다고 내가 앞서 말한 두 가지 유형의 사람과 친구가 될 수는 없다. 나는 그만큼 외롭지 않다. 부담스럽거나 피곤할 바에야 혼자 마시고 만다. 내가 이래서 친구가 별로 없다.

나는 계획이 다 있었다

¶

원고 마감이 겹쳐서 저녁에 있을 술자리 참석이 불투명해졌지만, 나는 계획이 다 있었다. 게다가 하필 이 시국에 모처럼 대청소하기로 했지만, 나는 계획이 다 있었다.

등교하는 애의 아침을 챙기고 산더미 같은 설거지를 해치운다. 부리나케 청소기를 돌린 다음 뒷일은 마누라에게 맡기고, 나는 점심시간 전에 노트북을 들고 밖으로 나간다. 단돈 1,500원에 갓 볶은 원두를 내린 아메리카노를 리필해주는 동네 북카페에서 아메리카노는 양심껏 두 번만 리필한다. 배가 고프면 샌드위치도 하나 주문한다. 그렇게 아메리카노 석 잔 마시는 동안 원고를 모두 마감하면 끝! 그때까지 내 계획은 완벽했다. 보일러가 고장 나기 전까지는.

요 며칠 보일러 컨트롤러 화면에 암호 같은 숫자가 깜빡거려서 그럴 때마다 전원플러그를 뽑았다 다시 꽂았다. 아무래도 그게 단말마의 비명이었던 모양이다. 보일러 업체는 주요 부품이 단종됐을 뿐만 아니라 교체 시기도 이미 지났다며 보일러를 통째로 바꿔야 한다고 했다.

보일러 기사가 새 보일러를 설치하는 동안 마누라는 다른 볼일이 생겨, 앞서 말한 뒷일은 내 몫이 됐다. 이를테면 걸레질과 자질구레한 뒤치다꺼리를 누군가는 해야 했다. 다행히 걸레질을 마칠 무렵 새 보일러는 힘차게 돌아가기 시작했다. 그때까지만 해도 내 계획은 약간의 차질이 있었지만 나쁘지 않았다. 다만 보일러실이 엉망진창이었다.

엉망진창이 된 보일러실을 못 본 척 그대로 내버려두고 나갈 수도 있었다. 그럼 보일러실 청소는 다른 볼일을 보고 있던 마누라 몫이 된다. 계획에 없던 뒷일에 보일러실 청소까지 하고 나가는 자상한 남편이 되든지(to be), 아니면 비정한 남편이 되든지(or not to be), 그것이 문제였다(that was the question). 원고 마감과 술자리보다 가정의 평화가 먼저였던 나는 전자를 선택할 수밖에 없었다.

보일러실 청소는 생각보다 오래 걸렸다. 그동안 우리집 보일러실은 인간의 발길이 닿지 않던 미지의 공간이었으니 당연한 일이다. 욕실에 쭈그려 앉아 바지 뒤춤을 추스르며 새까매진 걸레를 빨고 있을 때였다. 볼일을 마치고 돌아온 마누라는 안경을 고쳐 쓰며 말했다.

"뭐야? 아직 안 나갔어?"

창밖으로는 어느새 해가 뉘엿뉘엿 지고 있었다.

돌이켜보면 계획대로 되는 일이 하나도 없다. 출간하기로 했던 책은 도중에 엎어지고, 새 작품은 구상만 해놓고 손도 대지 못했다. 그나마 돈벌이는 가까스로 하고 있지만 미래는 여전히 불투명하다.

하지만 나쁘지 않다. 보일러실 청소까지 하는 바람에 마누라한테 칭찬도 듣고, 적어도 이 글은 아메리카노 없이 용케 마감했다.

그래도 지금 이 글을 읽고 계신 독자 제현은 하는 일마다 부디 나의 오늘 같지 않기 바란다. 설령 나의 오늘보다 못하더라도 너무 실망하지 말기 바란다. 아무리 애를 써도 나의 오늘보다 못할 수 있고, 또 내일은 그보다 더 못할 수 있다.

"최악이라고 생각하는 순간 운명은 더 큰 시련을 준다."

〈환상의 그대〉라는 영화에서 자신의 욕심으로 모든 걸 잃은 주인공이 마지막에 중얼거리는 혼잣말이다. 이처럼 아직 더 큰 시련이 남아 있을 수 있으니 너무 일찍 실망하지 말기를. 때때로 그게 인생이다.

어차피 또 마실 건데

¶

마누라가 내일 아침에는 볼일이 있어 어차피 일찍 일어나야 하니까 소주나 마시자고 했다. 덕분에 밖에서 저녁을 먹다가 또 소주를 마셨다. 근데 가만, 어차피 내일 아침에는 마누라 볼일이 아니더라도 애가 등교를 하니까 어차피 일찍 일어나야 한다. 어차피 마누라는 내일 아침에 볼일이 있고, 어차피 애는 등교시켜야 하고, 어차피 소주를 마셔야 했던 것이다.

온갖 수다를 나누다가 서로의 작업에 관한 얘기가 나왔다. 마누라는 그동안 이야기 짜느라 힘들었는데 그림을 그리기 시작하니까 비로소 마음이 편안해졌다고 했다. 부러웠다. 마누라와 정반대인 나는 왜 언제나 이야기 짜는 순간이 편하고, 그림을 그릴 때는 아오지 탄광에 끌려가 강제노동이라도 하는 것처럼 고되기만 한 걸까. 인류는 대체 언제쯤 노동으로부터 자유로워질까. 최첨단 문명이 아무 짝에 쓸모 없어지는 순간이다.

마누라의 이야기를 실컷 듣다가 나도 오늘 짠 내용이 꽤 재밌는데 한번 들어보겠냐고 물었다. 마누라는 자기 얘기가 한참 더 남았지만 앞으로 자기 얘기를 한참 더 하기 위해 내 얘기를 들어줬다. 나는 상당 분량의 내용을 연기를 보태가며 읽어줬다. 내가 "어때?"라고 묻기도 전에 마누라는 엄지손가락을 치켜세우며 너무 재밌다고 했다. 못다 한 자기 얘기를 마저 이어가고 싶었던 것이다.

옆에서 엄마 스마트폰으로 게임에 열중하던 애는 내가 오늘 짠 내용이 얼마나 재밌는지 아무 관심도 없었다. 문득 애가 안됐다는 생각이 들었다. 그깟 스마트폰 게임보다 내 만화가 훨씬 더 재밌는데. 내가 죽고 나면 먼지 쌓인 내 책들을 꺼내보며 우리 아빠가 이렇게 재밌는 사람이었구나 하며 닭똥 같은 눈물을 흘리겠지. 이 자식아, 그때는 이미 늦었다고!

집에 돌아온 마누라가 담배를 피우러 베란다에 나갔다가 갑자기 비명을 질렀다. 베란다 중간 유리문에 얼굴을 정면으로 박은 것이다. 입에 물고 나갔던 담배도 부러졌다. (오, 아까운 담배!) 나는 속으로 유리문이 깨진 건 아닐까 걱정이 됐지만 그 말을 입 밖으로 꺼내진 않았다. 그 정도 눈치는 있다.

마누라가 고개를 푹 숙인 채 유리문은 누가 닫은 거냐고 물었다. 평소 우리는 그걸 닫아본 적이 없었다. 나는 서둘러

오늘 오후에 장모님 다녀가셨는데, 라고 대답했다. 마누라는 나지막이 "엄마…"라는 혼잣말을 중얼거리고선 새 담배를 다시 꺼내 피우러 갔다. 다행히 유리문은 깨지지 않았고, 나는 조금 취한 것 같다. 뭐 어때. 내일 아침에 어차피 일찍 일어나야 하는데.

어느 수포자의 이상한 다짐

¶

마누라가 돌연 자기는 소주를 끊겠다고 다짐했다. 소주가 자기 몸에 영 안 맞는다나 뭐라나. 실은 마누라가 소주를 끊은 건 이번이 처음이 아니다. 그동안 소주뿐만 아니라 술을 통째로 끊겠다는 다짐을 최소한 9,999번은 반복했다.

그러나 그 다짐은 최대 닷새를 못 넘겼고, 마누라도 그런 식의 허황된 다짐을 반복하는 것은 무의미하다고 생각했던 모양이다. 그래서 이번에는 '술도 줄일 겸' 그나마 '소주만

끊겠다'고 다짐했다. 제법 현실적인 다짐이라는 생각이 들었다.

마누라가 소주 대신 선택한 술은 화이트 와인이다. 화이트 와인이 자기 몸에 잘 맞는다나 뭐라나. 마누라는 레드 와인도 좋아하지만, 레드 와인은 자기 몸에 치명적이라고 했다. 거의 2년마다 게실염이 재발했던 마누라는 재발의 원인을 레드 와인으로 꼽았다. 레드 와인의 미세한 찌꺼기가 장에 생긴 게실에 염증을 유발한다고 했다.

그렇게 마누라는 자기 몸을 스스로 진단했다. 의사가 마누라에게 레드 와인 대신 화이트 와인 마시라는 얘기를 한 적은 없다. 화이트 와인이 레드 와인보다 깔끔하니까 자신의 건강에 더 이로울 거라고 판단했을 뿐이다. 말하자면 과학적으로 증명된 사실은 아니다.

마누라는 화이트 와인 중에서도 샤도네이가 자기 입맛에 잘 맞는다고 했다. 샤도네이 맛이 떨떠름하면서 가볍지 않다며 소주 대신 마시기 딱 좋다고 했다. 그러다 얼마 뒤에는 쇼비농 블랑이 자기 입맛에 잘 맞는다고 했다. 샤도네이보다 가볍지만 상큼한 풍미가 일품이라며 세상에 이것보다 자기 입맛에 잘 맞는 술은 없다고 했다. 그러다 최근에는 피노 그리지오가 자기 입맛에 잘 맞는다고 했다. 떨떠름하면서 상큼하고, 너무 무겁지도 않고 너무 가볍지도 않다면서, 마누라는 그제야 자기만의 술을 찾은 것처럼 기뻐했다.

사실 그 모든 화이트 와인은 마트 갈 때마다 다달이 행사하는 상품을 장바구니에 담았던 것이다. 다음 달 마트 행사 상품이 샤도네이면 마누라는 역시 샤도네이가 자기 입맛에 가장 잘 맞는다며 말을 바꿀지도 모른다.

나는 와인을 잘 모른다. 와인은 순전히 마누라 덕분에 마시기 시작했다. 레드 와인이 좋아질 만하니까 마누라가 화이트 와인으로 갈아타는 바람에 최근에는 피노 그리지오에 적응 중이다. 나쁘지 않다.

다만 그전까지 마누라와 내가 즐겨 마시던 소주의 알코올 함량은 16.9%다. 그마저 점점 낮아지고 있는 추세고, 소주 한 병의 용량은 360ml다. 반면 최근 마누라가 즐겨 마시는 피노 그리지오의 알코올 함량은 14%이고, 피노 그리지오 한 병의 용량은 750ml다.

마누라는 피노 그리지오 한 병을 따면 혼자서도 기어이 한 병 다 마시니까 대충 계산해도 거의 소주 두 병을 마시는 셈이다. 마누라와 나는 그전까지만 해도 평소에는 각자 소주 한 병 정도만 마셨다. 조금 더 취하고 싶을 때는 소주 한 병을 더 나눠 마셨다.

마누라가 소주를 끊겠다고 다짐했던 건 이참에 소주보다 알코올 함량이 낮은 술을 마시면서 그만큼 술을 줄이려는 의도였다. 참고로 마누라는 학창시절 수포자였다. 수학이 인생에서 이렇게나 중요하다.

나는 지금 니 생각을 묻잖니

¶

아이패드 사용법 강의 들으러 갔다가 잔뜩 취해서 돌아온 마누라는 대뜸 시리를 아냐고 물었다.

"일종의 음성 인식 서비스 아니야? 나도 그 정도는 알아. 근데 시리는 왜?"

"박수봉 작가가 내 아이패드에 영어로 말하는 시리 깔아줬거든."

안 그래도 마누라는 영어회화 학원이라도 다닐까 궁리 중이었다. 어린 시절을 영국 뉴몰든과 캐나다 뉴마켓 등에서 보냈던 마누라는 영어 실력이 꽤 수준급이지만, 평소에는 영어를 쓸 일이 없어 아쉬웠던 모양이다.

마누라는 씻지도 않고 시리에게 말을 걸기 시작했다. 다음은 마누라와 시리의 대화 중 일부를 기억나는 대로 옮긴 것이다. 둘의 대화는 영알못이나 다름없는 나도 알아들을 만큼 어렵지 않았지만, 실감나는 영어 발음을 재현할 길 없어 대충 번역했다. 이 점 부디 양해 바란다.

"시리야, 너 《듀 펨Deux femmes》이라는 책 읽어봤니?"

(《듀 펨》은 마누라 만화책 《두 여자 이야기》의 불어판 제목이다.)

"무슨 말씀인지 모르겠습니다."

"듀 펨. 불어고, 그래픽노블이야."

"그래픽노블을 검색합니다. 그래픽노블은 블라블라…"

"아니아니, 듀 펨. 듀 펨이라는 책 읽어봤냐고?"

"무슨 말씀인지 모르겠습니다."

"좋아, 그럼 아람쏭은? 너 아람쏭 알어?"

"아람이라는 노래는 없습니다."

"아니, 내 말은 그게 아니고 아, 람, 쏭 아냐고?"

"아람이라는 노래를 다시 검색합니다."

"어휴, 너 왜 이렇게 답답하니? 아람은 노래가 아니고 내 이름이야."

"……"

"시리야, 거기 있니? 왜 아무 대답이 없어? 시리야?"

"네, 듣고 있어요. 말씀하세요."

"너 화났니?"

"화났니를 검색합니다."

"야! 그놈의 검색 좀 때려치워! 나는 지금 니 생각을 묻잖니!"

"……"

"시리야, 거기 있니? 왜 아무 대답이 없어? 시리야?"

"네, 듣고 있어요. 말씀하세요."

"너 대답하기 곤란하면 자꾸 숨는 것 같은데, 앞으로 그러지 마라."

"무슨 말씀인지 모르겠습니다."

"내가 말하면, 무슨 말이든 좋으니까 대답하라고! 숨지 말고!"

"……"

"얘 봐, 또 아무 말 안 해. 시리야! 시리야?"

"네, 듣고 있어요. 말씀하세요."

"내가 너무 흥분했나 봐. 미안해."

"괜찮습니다. 아무 문제없습니다."

"조까."

"……"

"야! 대답을 하라고!"

"네, 듣고 있어요. 말씀하세요."

마누라와 시리의 대화는 이런 식으로 약 1시간 정도 이어졌다. 그런데 이걸 대화라고 해야 할까? 문득 일제강점기 대표적 악질 순사 노덕술이 떠올랐다. '마누라는 이런 식으로 약 1시간 정도 시리를 조졌다'가 어쩌면 더 정확한 표현이라는 얘기다. 너무 웃겨서 배꼽이 달아날 뻔했지만, 왠지 남일 같지 않았다. 나는 시리를 충분히 이해할 수 있었다.

진실은 괄호 안에 있다

¶

몇 년 전 건강검진 받으면서 대장에 생긴 용종 몇 개를 떼어 냈다. 보통 대장 용종은 내시경 검사를 하면서 동시에 제거한다. 그런데 이상소견이 있다면서 용종을 다 제거하지 않았다. 의사 선생님은 암으로 발전할 가능성이 높은 선종은 아닌 것 같지만, 확신할 수 없으니 외래진료를 받아보라고 했다. 떼지 않은 용종이 다른 용종에 비해 모양이 특이하고 컸던 모양이다. 드디어 올 것이 왔구나 싶었다. "외래진료를 받아보세요"라는 말이 꼭 "3개월 남았습니다"처럼 들렸다.

몸에 어느 정도 이상이 있을 거라 짐작은 했었다. 그동안 마신 소주가 얼마고 피운 담배가 얼만데, 오히려 아무 이상 없다면 그게 이상하다. 사실 마음의 준비는 오래전부터 하고 있었다. 요절한 록스타처럼 언젠가 비극적인 최후를 맞을 줄 알았다. 물론 마흔두 살이면 요절이라고 보기 애매하지만, 어쨌든 나는 불길한 상상을 떨칠 수 없었다.

갑자기 마누라와 애가 너무 보고 싶었다. 하지만 검진 결과는 가족들에게 알리지 않기로 했다. 왜 그러는지 이유를 알 수 없지만, 가족들에게 자신의 병을 숨기는 영화 속 시한부 환자가 된 것만 같았다. 나는 평소와 조금도 다름없이 행동했다. 마누라는 말했다.

"왜 그래? 무슨 일 있어? 병원에서 뭐래?"

"아니, 별일 없어."

"별일 없긴. 당신 얼굴에 다 써 있구만."

나는 결단코 평소와 조금도 다름없었지만, 마누라의 추궁은 끈질기게 이어졌다.

"세상 다 산 사람처럼 인상 구기지 말고 말을 해, 말을!"

"용종이 좀 크대."

"그래서?"

"외래진료 받으래."

"그게 다야?"

"어…."

그제야 자신의 병을 가족들에게 숨기려고 했던 영화 속 시한부 환자들의 마음을 어렴풋이 알 것 같았다. 바른대로 말하면 나처럼 쿠사리 먹으니까 숨길 수밖에 없었던 것이다. 그래도 마누라 쿠사리 덕분에 가까스로 제정신이 돌아왔다. 정신을 차리고 보니 대체 용종이 얼마나 크길래 떼지 않았을까 의문스러웠다. 아니나 다를까 외래진료에서는 별일 아니라고 했다. 간단한 시술이라며 시술 날짜부터 잡자고 했다.

졸지에 따라붙은 시술비와 입원비는 대장 내시경 검사받을 때 용종을 마저 제거했다면 지불하지 않아도 되는 비용이었다. 대학병원이 이런 식으로 장사를 하는구나 싶었다. 당장 시술비와 입원비가 없기도 했고, 생각할수록 괘씸해서 시술 날짜는 다음에 잡겠다고 했다.

공허한 진료를 마치고 진료실을 빠져나오는데 간호사 선생님이 붙잡았다. 원무과에서 외래진료비를 계산하라고 했다. 간호사 선생님에 의하면 대학병원 교수님 말씀에는 비용이 발생하고, 그 비용은 당시 16,000원 정도였다. 시술 날짜는 다음에 잡기로 했고 별도의 처방도 없었는데 16,000원이나 내라니 쉽게 이해되지 않았다. 더군다나 진료는 2분이 채 걸리지 않았다. 대학병원 교수님 말씀이 그렇게 귀한 줄 알았다면 부지런히 주워 담을걸 그랬다. 되팔 수 있다면 한마디에 적어도 1,600원은 받았을 텐데.

이듬해 봄에 시술 날짜를 다시 잡으면서 주치의도 바꿔달라고 요청했다. 다른 병원을 알아보려 했지만, 그런다고 떼지 않은 용종이 작아지거나 사라지는 것도 아니고 귀찮았다. 다행히 병원에서 바꿔준 의사 선생님은 그전 선생님보다 환자를 능숙하게 다룰 줄 알았다. 그전 의사 선생님보다 일단 말을 많이 했다. 자기 말의 값어치를 아는 것 같았다. 그렇다고 그전 의사 선생님의 실력을 의심하는 건 아니다. 다만 환자의 불안과 불신을 다스리는 것도 치료의 일환이라고 생각하는데, 그전 의사 선생님은 어쩌면 환자의 환부만 살폈던 게 아닌가 싶다.

시술을 받고 퇴원하던 날이었다. 나머지 용종을 떼어낸 의사 선생님은 말했다.

"용종은 유전적 요인도 있지만 담배가 훨씬 더 영향이 큽니다. 담배 많이 피우시죠?"

"네… 그럼 술은 괜찮나요?"

"술은 뭐, 저도 많이 마셔요."

"아, 네…."

의사 선생님은 담배를 끊으라고 강요하진 않았다. 대신 이렇게 말했다.

"본인 몸이랑 담배가 좀 안 맞는 거 같지 않아요?"

"그, 그런가요?"

의사 선생님은 이어서 말했다.

"정 끊기 힘드시면 2년마다 한 번씩 저한테 오시면 됩니다."

나는 의사 선생님이 다른 것보다 선태의 여지를 줘서 그게 가장 고마웠다. 부지런히 소주를 마시고 담배를 피우는 동안 어느덧 그 의사 선생님을 다시 뵐 때가 됐다. 안 그래도 보고 싶었는데 잘됐다.

한편 마누라는, 앞서 말했듯 게실염이 있다. 장 안쪽 표면에 작은 주머니가 생겨 그 주머니에 이물질이 쌓이면 염증을 일으키는데, 그 지경이 되면 환자마다 차이가 있겠지만 대체로 상당히 고통스럽다. 웬만하면 수술 없이 약물 치료가 가능하지만, 심한 경우 장 절제술이 불가피하다. 게실염에 비하면 아무 통증 없는 용종은 손톱 밑에 가시 축에도 못 낀다.

마누라는 웹툰을 연재하면서 게실염을 얻었다. 당시 마누라는 웹툰을 열흘에 한 편씩 연재했는데, 게실염뿐만 아니라 머리에 500원짜리 동전만 한 원형탈모도 생겼다. 내가 허드렛일과 채색을 도와주긴 했지만, 웹툰 연재는 애초에 혼자 감당할 수 있는 일이 아니었다.

이야기를 구상하고, 그 이야기로 밑그림을 그리고, 그 밑그림에 선과 색을 입히고, 연출과 완성도에 대한 고민은 열거한 과정의 쉼표 사이에 쉴 새 없이 반복됐다. 연재를 마칠 때까지 쉬려고 해도 쉬는 게 아니고, 자려고 누워도 자는 게 아닌 상태가 계속됐다. 건강이 나빠질 수밖에. 간혹 그 모든 걸 혼자 다 해내는 웹툰 작가도 있지만 여간 힘든 일이 아니다. 게다가 웹툰은 대개 일주일에 한 편씩 연재한다. 그러고 보면 웹툰 작가들 정말 대단한 사람들이다. 내가 소주를 줄기차게 마시고 담배를 부지런히 피워서 생명을 깎아먹는 중이라면, 웹툰 작가들은 마감에 시달리며 생명을 깎아먹고 있는 중이다.

하지만 사람들은 대부분 웹툰을 출퇴근길 지하철에서 대충 넘겨보거나, 아니면 심심풀이 땅콩 정도로 소비한다. 인기 있는 웹툰 같은 경우 작가가 개인 사정에 따라 휴재라도 하면 어김없이 악플이 달린다. 연재가 종료되면 영화《트루먼 쇼》의 시청자들처럼 재빨리 다른 웹툰을 찾는다.

고객을 왕으로 모시는 웹툰 플랫폼은 웹툰 작가에게 무리한 일정을 소화하도록 강요하고, 이미 공급이 넘치는 생태계에서 무명이나 다름없는 웹툰 작가는 선택의 여지가 없다. 악화가 양화를 구축하는 셈이고 웹툰 작가는 쓰다 버리는 도구 취급받기 일쑤다. 나 같은 게으름뱅이는 감히 엄두조차 낼 수 없는 살벌한 판이기도 하다.

그러니까 챙겨 보던 웹툰이 제때 업데이트 되지 않는다고 너무 뭐라 그러지 맙시다. 선플은 못 달더라도 인간적으로 악플은 달지 맙시다. 그 정도 사람대접은 서로 하며 삽시다.

마누라가 게실염으로 세 번째 입원했을 때다. 마누라가 입원한 동안 나는 애 끼니를 챙겨야 했다. 애가 먼저 말했다.

"저녁 뭐 먹을까? '울트라멘' 라멘이랑 카레 먹을까?"

'울트라멘'은 애가 좋아하는 동네 라멘집이다. 이왕이면 애가 먹고 싶은 걸 사주고 싶었지만, 아픈 마누라가 자기만 빼놓고 우리끼리 맛있는 거 사 먹으면 왠지 속상할 것 같았다. 나는 말했다.

"음… 거긴 (소주 안 팔아서) 쫌 별룬데. 다른 거 생각나는 거 없어? 이왕이면 엄마는 안 좋아하는데 너는 좋아하는 그런 거?”

“엄마 ‘울트라멘’ 별로 안 좋아하잖아?”

“음… 좀 그렇긴 한데 (거긴 소주 안 파니까) 오늘은 다른 거 먹자.”

“그럼 햄버거?”

“음… 햄버거는 며칠 전에도 먹었잖아. 또 햄버거 자주 먹으면 몸에도 안 좋고… (소주도 안 팔고).”

“모르겠어. 아빠 마음대로 해.”

“삼겹살 어때? 엄마는 삼겹살 그렇게 안 좋아하지만 너는 삼겹살 좋아하잖아. (소주 안 파는 삼겹살집은 없고)”

“알았어. 삼겹살 먹을게.”

“사실 아빠는 다른 게 먹고 싶지만(소주), 아픈 엄마 생각해서 삼겹살 먹자고 한 거야. 아빠 말 무슨 말인지 알지?”

내 입으로 이런 얘기 좀 그렇지만, 세상에 이만한 남(빌어먹을)편도 없지 않나 싶다.

지금은 마누라도 '울트라멘'을 좋아한다. 그리고 나도 마누라가 없는 날 더 이상 삼겹살을 고집하지 않는다. '울트라멘'에서도 소주를 팔기 시작했기 때문이다.

처음이지만 끝인 것처럼

¶

오늘 하루를 뭐라고 표현하면 알맞을까? 페북 중독인 나한테는 왕거니 같은 하루? 너구리를 끓여 먹으려는데 다시마 건더기가 두 개도 아니고 세 개씩 들어 있는 하루? 솔까말 오늘 있었던 일들을 고스란히 옮기면 가뿐히 책 한 권은 될 것 같다. 마누라의 부재 덕분에 애랑 반나절 정도 붙어 있었을 뿐인데 말이다. 하지만 나는 페북 중독이니까 일단 쓰고 보자는 심정으로 대충 요약하자면….

1. 애랑 목욕탕을 갔다. 3년 만이었다. 나는 그동안 우리 동네에 술집만 있고 목욕탕이 있는 줄은 몰랐다. 목욕탕에는 손님이 거의 없었다. 배에 칼자국이 선명한 조폭 아저씨랑 할아버지 두 분 정도가 있었다. 나중에 낮술을 잔뜩 마신 아저씨와 가볍게 사우나를 하러 온 아저씨도 합류했다.

애는 신났다. 온탕 갔다 냉탕 갔다 자기 집처럼 놀았다. 나는 애가 목욕탕을 헤집고 다니는 동안 때를 열심히 밀었다. 말했다시피 3년 만에 온 목욕탕이었다. 때가 너무 많이 나왔다. 몇 주 전에 집에서도 한 번 밀긴 했는데, 때가 걷잡을 수 없이 쏟아졌다. 애는 '목청껏' 말했다.

"우와! 아빠 때 진짜 많다!"

애의 말은 동굴 같은 목욕탕 안에서 영원히 끝나지 않는 돌림노래처럼 메아리쳤다.

"우와, 아빠 때… 우와, 아빠 때… 우와, 아빠 때… (이하 생략)"

애가 나더러 사우나를 같이 하자고 했다. 애는 모래시계를
거꾸로 세우면서 이 모래가 다 떨어질 때까지 나가지 말자
고 했다. 1초, 2초, 3초, 4초, 5초… 나는 정말 5초를 못 참고
사우나실을 뛰쳐나왔다. 내 옆에 앉아 있던 아저씨가 뭐 저
런 아빠가 다 있나 하는 표정으로 나를 쳐다봤고, 애는 또
'목청껏' 말했다.

"아빠! 그것도 못 참아?"

꽤 굴욕적이었지만, 유독 더위에 약한 나한테 고문이나 다
름없는 사우나를 억지로 견딜 수는 없는 노릇이었다. 대신
우리는 냉탕에서 거의 30분을 놀았다. 나는 냉탕 폭포수를
정수리에 직통으로 맞으면서 꿈쩍도 하지 않았다. 애는 그
제야 나를 다시 존경스러운 눈빛으로 쳐다보기 시작했다.

목욕탕에는 손님이 너무 없었다. 머리를 말리는데 거울에
붙어 있던 안내문이 눈에 띄었다.

'6월 30일 폐업 예정이니 6월 29일까지 개인 소지품을 챙

겨 가세요. 분실물은 책임지지 않습니다.'

그러고 보니 냉장고도 텅 비어 있었다. 3년 만에 목욕탕인데 모레 폐업한단다. 이마트 슈퍼가 들어선다나 뭐라나. 애는 이마트가 망했으면 좋겠다고 했다. 그런데 목욕탕 사장님이 난데없이 나를 위로하기 시작했다. 아마도 그동안 손님들이 사장님을 적잖이 위로했던 모양이다.

"에휴, 많이 아쉬우시죠? 집 가까운 데 목욕탕 하나쯤 있어야 하는데…."

나는 뭐라 드릴 말씀이 없었다. "오늘 처음인데요"라고 할 수는 없잖아요.

2. 목욕을 마친 우리는 삼겹살을 먹으러 갔다. 마누라까지 셋이 가는 삼겹살집이 있고, 애랑 둘이 가는 삼겹살집이 있는데, 모처럼 애랑 둘이 가는 삼겹살집을 갔다. 사장님이 애를 먼저 알아보고 무척 반가워하셨다. 애가 그 집 김치를 남

달리 좋아하는 걸 잊지 않고 김치도 듬뿍 주셨다. 나는 삼겹살 한 점에 소주 한 잔씩 마셨다. 말하자면 나는 삼겹살을 일곱 점 정도 먹은 셈이고, 나머지는 애가 다 먹었다. 애는 김치도 다 먹었다. 사장님이 지나가면서 한마디했다.

"우리집 김치 되게 매운데… 야, 너 매운 거 정말 잘 먹네?"

애는 마치 알프스 산맥을 넘기 직전의 나폴레옹처럼 의기양양했다. 그러면서 자기는 '고추'도 먹을 수 있다며 상추 옆에 있던 청양고추를 하나 집어 들었다. 딱 봐도 존나 매울 것 같은 청양고추였다. 나는 분명 말렸다. 하지만 애는 자기 자신을 시험해보고 싶었나 보다. 청양고추 하나를 쌈장에 푹 찍어 통째로 다 먹더니 말했다.

"하나도 안 매운데?"

1초, 2초, 3초… 우웩! 애는 울고불고 난리가 났고, 물을 삼키지 못해 턱이 없는 사람처럼 질질질 흘렸다. 나는 하마터면 "그것도 못 참아?"라고 할 뻔했다.

"아빠, 나 죽을 것 같애. 엉엉엉…"

옆자리에 있던 손님들이 소곤대는 소리를 듣고 말았다.

"야, 옆에 쳐다보지 마ㅋㅋㅋ"

옆자리 손님들이 터져 나오는 웃음을 참느라 정말 고생이 많으셨다. 죽다 살아난 표정으로 애는 혀를 내두르며 말했다.

"인생 후회할 짓 했어."

아무렴. 후회 없는 인생이 어디 인생이라고 할 수나 있을까. 그 대신 내일 학교에 가면 친구들에게 자기는 청양고추도 먹어봤다며 자랑을 늘어놓겠지? 세상의 끝을 다녀온 사람처럼 말이다.

빌어먹을 섹스

¶

동네 중국집에서 볶음밥과 탕수육에 낮술 한잔 하고 돌아오는 길이었다. 애는 얼마 전부터 개똥이가 아이들이 해서는 안 되는 말을 자꾸 한다고 했다. 아이들이 해서는 안 되는 말이 뭐냐고 물었더니 우물쭈물하며 대답을 피하길래 철저한 신변보장을 약속했다.

"괜찮아, 말해봐. 야단치지 않을게."

"그런 게 있어…."

"뭔데, 말해보라니까? 궁금해 죽겠다야."

"그런 게 있다니까…."

"너 엄마가 들을까 봐 불편한가 보구나. 그럼 아빠한테 귓속말로 해봐."

나는 허리를 90도로 구부렸고, 애는 잠시 망설이다 내 귀에 손을 갖다 대고 속삭였다.

"아빠, 있잖아… 섹스가 뭐야?"

낮술로 희미한 정신이 번쩍 들었다. 언제가 닥칠 일이라고 예상은 했지만 이토록 느닷없을 줄 몰랐다. 나도 아직 아버지한테 못 물어본 걸 애는 왜 이렇게 일찍 물을까.

마침 마누라는 배가 아프다고 먼저 집으로 돌아갔고 나는 일부러 천천히 걷기 시작했다. 천천히, 아주 천천히… 우리 옆으로 사람이 지나가면 나는 애의 귓속말을 들으려고 허리를 90도로 구부렸다.

"몰라서 묻는 거야?"

"글쎄…."

"너네 학교에서 성교육 같은 거 안 받았어?"

"성교육은 아직 안 받았어."

"그렇구나, 그럼 개똥이한테 처음 들은 거야?"

"어… 개똥이가 스틱파이터(애니메이션 만드는 앱인데, 아무튼 그런 게 있답니다)로 이상한 그림을 자꾸 그리길래 뭐냐고 물어봤더니 섹스래."

"어, 어떤 걸 그렸길래?"

"남자가 막대기로 여자 엉덩이 때리는 거…."

"예전에 개똥이가 보여줬던 그거 비슷한 거 말이지?"

"어…."

아빠가 쓰던 스마트폰을 가지고 다니던 개똥이가 그 스마트폰에 있던 야동을 애한테 보여줬던 모양이다. 그래서 한바탕 난리가 났었는데, 개똥이 너 이 자식… 근데 개똥이만 뭐라고 할 일도 아니고…. 나는 식은땀을 줄줄 흘리기 시작했다.

"개똥이는 섹스가 뭐래?"

"아기 낳으려고 하는 거라던데?"

"음… 아주 틀린 말은 아닌데 섹스가 꼭 그런 건 아니야."

"그럼 뭔데?"

"지금부터 아빠가 하는 얘기 잘 들어. 이런 건 알려면 제대로 알아야 해. 너네끼리 낄낄거리면 나중에 큰 문제가 될 수도 있어."

"알았어. 낄낄 안 거릴게."

"그러니까 섹스는 같이 즐겁자고 하는 거야."

"엥? 그게 무슨 말이야?"

"너 좋아하는 친구랑 있으면 어때? 같이 놀고 싶고 손도 잡고 싶고 헤어질 때는 안아주고 싶고… 그렇잖아?"

"옛날에는 그랬는데 요즘에는 손잡고 끌어안는 거 좀 부끄러워."

아, 이게 아닌데… 처음부터 다시 해야 하나. 나는 또 식은 땀을 줄줄 흘리기 시작했다.

"아니, 그러니까, 그런 마음은 있지?"

"어, 조금…"

"그, 그래. 섹스도 사실 그런 거야. 좋아하는 사람과 같이 놀고 싶고 손잡고 싶고 안아주고 싶은 거랑 크게 다르지 않아."

"엥? 근데 아이들은 섹스하면 안 되잖아?"

"아니아니, 끝까지 들어봐."

"알았어."

여러분, 어떠세요. 제가 어땠을지 상상이 되시나요? 식은땀이 줄줄 흘렀다는 말은 결코 과장이 아니랍니다. 나는 이어서 말했다.

"근데 니가 좋아하는 사람이 매번 니 마음과 같을 순 없겠지? 같이 놀고 싶고 손잡고 싶고 안아주고 싶어도 좋아하는 사람이 싫다면 어떡해야 해?"

"멈춰야지."

"그래, 그거야! 섹스는 상대방 허락 없이 절대 하면 안 되는 거야!"

"걱정 마, 나는 애들이 싫다고 하면 절대 안 해."

우리의 대화는 이런 식으로 수시로 끊겼고, 대화가 끊길 때마다 나는 식은땀을 줄줄 흘릴 수밖에 없었다.

"그럼 아기는 어떻게 생기는 거야?"

"그게 그러니까… 어른 남자랑 어른 여자가 서로 너무 좋아해서 손도 잡고 뽀뽀도 하고… 그러다 섹스까지 하면 아기가 생길 수도 있어."

"무슨 말인지 잘 모르겠어."

"그러니까 섹스는 말야, 어른 남자의 생식기… 너 생식기 무슨 말인지 알지?"

"어ㅋㅋㅋ"

애는 '생식기'라는 말에 웃기 시작했고, 나는 허공으로 달아나려는 내 눈동자를 가까스로 붙잡았다. 흔들리는 눈동자를 감추려고 눈을 최대한 부릅뜨고 말했다.

"남자와 여자가 자신의 생식기를 통해 서로의 마음을 나누는 걸 섹스라고 하고, 섹스를 하다 보면 아기가 생겨. 그러니까 아이들은 함부로 하면 안 되는 거야. 아이들은 그 아기를 책임질 수 없잖아."

"아하ㅋㅋㅋ"

"야, 너 안 웃기로 했잖아!"

"미안, 웃음이 나와서 나도 어쩔 수 없었어ㅋㅋㅋㅋ"

애는 지나가는 사람이 아무도 없는데도 귓속말을 하려고 했고, 나는 또 허리를 90도로 구부렸다.

"그럼 엄마랑 아빠도 했어?"

나는 또 눈을 최대한 부릅뜨고 말했다.

"그, 그럼 했지! 그러니까 니가 있지!"

"아하ㅋㅋㅋ"

"야, 너 안 웃기로 했잖아!"

"미안ㅋㅋㅋㅋㅋ"

나는 내가 애한테 성교육을 한 건지, 아니면 엄마랑 섹스를 했다고 자랑을 한 건지 도무지 종잡을 수 없었다. 나머지는 우리나라 공교육이 알아서 해줬으면 좋겠다. 두 자릿수 곱셈 나눗셈은 됐으니까 아이들 성교육부터 해주면 더 바랄 게 없겠다.

애어른과 어른이

¶

애 친구들이랑 반포종합운동장에서 농구 한바탕하고 왔다. 똥팔이는 어제 저녁부터 농구 멤바 모집과 장소 섭외까지 혼자 도맡았을 뿐만 아니라 반포종합운동장 가는 길을 자신의 스마트폰으로 일일이 캡처했던 모양이다.

농구 멤바는 개똥이, 소똥이, 똥팔이, 삼식이(뉴페이스), 권쥐(우리집 애), 이렇게 다섯 명이었다. 똥팔이가 갑자기 농구 번개를 소집한 까닭은 권쥐 때문이다. 운동에 통 관심 없던 권쥐는 방과후수업 농구만큼은 꾸준히 나갔는데, 안타깝게도 3분기 방과후수업 농구는 전산오류로 권쥐만 누락됐다. 똥팔이는 더 이상 농구를 같이 할 수 없게 된 권쥐를 위로하고 싶다고 했다. 똥팔이는 말했다.

"신반포역에서 내리면 (반포종합운동장까지) 192미터만 걸으면 돼요. 제가 네이버 지도로 다 알아보고 캡처까지 했어요. 저희들끼리 충분히 갈 수 있으니까 너무 걱정 마세요."

똥팔이는 '192미터'와 '너무 걱정 마세요'를 수차례 강조했고, 나는 얼핏 내 또래 학부모와 통화하는 줄 알았다. "알겠다"고 대답했지만 아무래도 마음이 놓이지 않던 나는 똥팔이에게 다시 전화를 걸어 내가 따라가도 되겠냐고 물었다. 똥팔이는 말했다.

"아니, 걱정 마시라니깐요. 제가 권쥐 안전하게 돌려보낼게요."

"어? 어… 근데 있잖아, 아저씨도 오랜만에 농구 한번 해볼까 해서 말이야."

"아, 그래요? 그럼 진작 그렇게 말씀하시지. 참, 권쥐 버스비 2,000원 꼭 챙겨주세요."

똥팔이와 이토록 긴 대화를 나눈 건 처음이었고, 똥팔이의 어휘력은 분명 4학년 수준이 아니었다. 아무튼 나는 애들 보호자로 믿음직한 똥팔이가 있는데도 불구하고 깍두기처럼 낑기게 됐고, 소똥이 아버님도 애들 학교에 투표하러 왔다 얼떨결에 같이 가게 됐다.

그런데 나는 굳이 반포종합운동장까지 가야 하나 싶었다. 애들 학교 운동장에는 농구 골대가 없지만, 강당에는 농구 골대가 있었다.

"아저씨가 강당 좀 쓰겠다고 말해볼까?"

똥팔이는 말 안 통하는 어린아이를 달래듯 말했다.

"아저씨, 농구도 농구지만 다른 동네 놀러간다는 마인드로

가셔야죠. 농구만 할 거면 뭐하러 반포까지 가겠어요. 안 그래요?"

믿기 힘드시겠지만, 지금까지 똥팔이의 말은 조금도 꾸미지 않았다. 모두 다 실제로 똥팔이가 했던 말이고, 나는 똥팔이가 공을 안 뺏기려고 안간힘을 쓰다 지 입술이 터져서 엉엉 울 때까지 똥팔이의 정체를 내내 의심했다. 아무리 봐도 애가 아닌 것 같았는데, 똥팔이가 엉엉 울 때 얼마나 반갑던지.

입술이 터진 똥팔이 덕분에 경기를 잠시 쉬던 중이었다. 우리가 쓰던 농구 코트에서 다른 사람들이 연습 삼아 공을 던지기 시작했고, 방금 전까지 엉엉 울던 똥팔이는 돌연 정색을 하더니 말했다.

"아저씨, 저 사람들 나가라고 해야 하는 거 아니에요?"

"아니, 왜?"

"우리가 먼저 쓰고 있었잖아요."

"우리가 먼저 쓰고 었었지만, 여긴 공공장소잖아."

"그래도 우리가 먼저 쓰고 있었고, 우리는 또 농구할 거잖아요."

"그래서 그걸 나더러 가서 말하라고?"

"아니, 뭐… 그럼 제가 하죠 뭐."

똥팔이는 마치 사유지에 무단 침입한 불한당들을 쫓아내듯 "나가주세요"라고 했고, 불한당들은 다행히 순순히 물러났다. 똥팔이의 단호한 태도에도 불구하고 우리 주변을 서성거리던 학생 하나가 눈에 띄길래 같이 하자고 했다. 딱 봐도 초등학생은 아니었다. 애들은 한목소리로 말했다.

"형, 몇 살이야?(지들이 쪽수 많다고 곧바로 반말 깜)"

"어? 나는 중1. 너네는?"

"뭐야? 그럼 내년에는 중2병이네! ㅋㅋㅋ"

"아, 학생… 미안해. 애들은 4학년인데, 너네 형한테 까불면 혼난다!"

"미안미안, 곧 중2병 형ㅋㅋㅋㅋ"

애들은 미친 듯이 까불었고 '곧 중2병 형'은 생각보다 어른스러웠다. 하지만 애들은 '곧 중2병 형'이 공을 잡을 때마다 굶주린 피라냐처럼 달려들었고, 피 튀기는 세대갈등은 대물림될 수밖에 없겠구나 싶었다.

농구 경기는 수시로 중단됐다. 개똥이가 친구들이 지한테만 패스 안 한다고 엉엉 울면 개똥이를 달래야 했고, 한눈팔던 똥팔이가 머리통에 농구공을 맞고 엉엉 울면 똥팔이를 달래야 했고, 소똥이와 삼식이가 몸싸움을 하면 둘을 중재해야 했고, 웬일로 권쥐는 친구들이 울거나 다툴 때면 지 혼자 낄낄 웃기만 했다. '곧 중2병 형'도 너그러운 눈빛으로 애들을 대했고, 혼신을 다했던 소똥이 아버님은 먼저 나가떨어지셨다.

삼식이가 단단히 화가 나서 말했다.

"아저씨! 소똥이 얘 자꾸 저한테만 반칙해요!"

"무슨 반칙?"

"자꾸 빽허그 하잖아요! 그것도 반칙 맞죠?"

"(터져 나오는 웃음을 가까스로 참으며) 그거야 소똥이가니 공 뺏으려다 보니까 그랬겠지."

"아니, 암만 그래도 빽허그는 너무하잖아요!"

우리는 빽허그가 싫다는 삼식이를 존중하기로 했고, 그렇게 똥팔이가 주선한 첫 농구 번개를 무사히 마칠 수 있었다. 농구는 거의 10년 만이었다. 나는 5분 만에 숨이 턱까지 차올랐는데, 애들은 4시간 넘게 지칠 줄 몰랐다.

그 애들을 가만히 지켜보는 것만으로도 큰 위로가 됐다. 영화《스탠 바이 미》속 친구들을 만나고 온 것처럼 말이다. 마지막에는 애들에게 놀아줘서 고맙다는 말을 깜빡하고 말았는데, 애들은 아무도 신경 쓰지 않았다. 애들은 내일도 오늘처럼 놀 테니까.

추신.

그날 저녁 애들은 양꼬치를 10만 원어치 먹었다. 나는 소주 한 병을 최대한 아껴 마셔야만 했다.

모든 물건은 원래 제자리가 없다

¶

어린 시절 나의 불가사의는 피라미드나 UFO의 존재 따위가 아니었다. 살림살이는 얼마 없지만 언제나 깨끗한 우리 집이었다. 나는 여느 아이들처럼 집 안 곳곳을 곧잘 어질렀는데 이튿날 아침이면 모든 것이 제자리에 있었다. 또 매일 아침마다 갓 지은 밥과 보글보글 끓는 찌개나 국이 밥상에 올라왔고, 그건 오랫동안 너무 당연한 일이었다.

그 당연한 일은 모두 어머니의 몫이었다. 내가 어지럽힌 걸

정돈하고, 집을 청소하고, 밥을 짓고, 설거지를 하고, 빨래를 하고, 빨래를 널고, 다시 밥을 짓고, 쉴 틈 없는 집안일은 모두 어머니의 몫이었다. 어머니는 전업주부도 아니었는데 대체 이 많은 집안일을 언제 다 하셨지? 어린 내게 그것만큼 불가사의한 일도 없었다.

어머니가 과거에 했던 부업은 가짓수를 헤아리기 힘들다. 개당 10원짜리 전자부품을 조립하는 일부터 타일을 잘라 붙이는 일, 봉제인형에 솜 넣는 일, 도배와 장판까지 돈 되는 일은 뭐든지 하셨다.

내가 중학교를 졸업할 무렵 어머니는 동네 아이들에게 과외를 하다 공부방을 운영하게 됐는데 꽤 인기가 좋았다. 광고 전단지 한번 돌린 적 없는데 지금까지 성업 중이고, 어머니는 고향의 사교육 업계에서는 꽤 독보적인 존재다.

하지만 어머니는 공부방을 운영하면서도 우유배달 같은 아르바이트를 병행했었다. 아버지가 회사의 노조활동을 포기

하고 월급다운 월급을 받아 오셨을 때 그제야 다른 아르바이트를 그만두고 공부방 운영에만 집중하셨다. 물론 그 와중에도 집안일은 모두 어머니의 몫이었고, 다음 날 아침이면 모든 것이 제자리에 있었다.

나도 어느덧 우리 부모님처럼 결혼을 하고 가정을 꾸렸다. 하지만 어린 시절의 불가사의는 없었다. 다음 날 아침이 돼도 애가 어지럽힌 건 그대로였고, 아침 밥상은 구경도 하지 못했다. 당연한 일이다. 나는 어머니처럼 부지런하지 못했고, 또 마누라는 어머니가 아니었으니까. 참고로 우리집의 살림 원칙은 이 세 가지다.

- 최대한 방치할 것
- 완벽하지 말 것
- 집안일을 하지 않은 사람은 집안일에 관해 입 닥치고 있을 것(가령 반찬투정 금지)

집안일 좀 했다고 지나치게 생색을 내서도 안 되고, 만일 이 세 가지 원칙을 벗어날 경우에는 탄핵도 각오해야 한다. 또 이 원칙들 이전에 헌법 1조 1항처럼 우리집의 정통성을 정의하는 원칙 위의 원칙이 있는데, 다음과 같다.

- 내가 하기 싫은 일은 상대방도 하기 싫다

마누라와 나는 둘 다 살림에 관심이 없고, 집안일은 최대한 나누고 최대한 미뤘다. 과거의 어머니처럼 생계를 위해서 돈 되는 일은 마다하지 않았고, 또 여러 가지 일을 동시에 병행할 때도 많았지만, 과거의 어머니처럼 집안일까지 꼼꼼히 돌보진 못했다. 각자 하고 싶은 일은 결혼 전이나 후나 자기만의 만화를 만드는 거였고, 집안일까지 돌보기엔 하루가 너무 짧았다.

처음부터 그랬던 건 아니다. 결혼 초기의 나는 내심 마누라에게 어머니의 역할을 요구했었다. 말로 한 적은 없다. 하지만 마누라는 무언의 내 요구를 대번에 알아차렸고 보기 좋게 걷어찼다. 우리가 서로 머리부터 발끝까지 다른 인간이면서 동등한 욕망을 가졌다는 걸 미련스럽게 알아갔다. 작고 사소한 일에도 매번 부딪치며 어렵게 알아갔다. 말하자면 우리집의 살림 원칙들은 서로의 세계를 있는 그대로 지키기 위한 최소한의 합의일 뿐이다.

나는 언제나 깨끗한 우리집을 불가사의하게 생각했으면서 어머니의 희생은 당연한 줄 알았다. 하지만 지금은 아침 식사는 대충 때우는 게 당연하고, 물건마다 제자리가 없는 게 당연하고, '언제나 깨끗한 우리집'은 추억 속에만 존재한다. 부모님 사이에도 적잖은 변화가 생겼다. 부모님 집에도 아침 밥상이 사라졌고, 청소와 장보기 정도는 아버지 몫이 됐다. 어머니 입장에서는 성에 찰 리 없겠지만, 적어도 내 유년의 불가사의는 조금씩 희미해지고 있는 중이다.

이왕이면 그 불가사의가 더 이상 대물림되지 않고 우리 세대에서 끝났으면 한다. 과거에 당연했던 일들이 지금은 당연하지 않았으면 한다. 무엇보다 애한테는 언제나 깨끗한 우리집보다 피라미드나 UFO의 존재 따위가 불가사의했으면 좋겠다.

아버지와 푸시킨

¶

"몸에도 안 좋은 소주, 우리가 다 마셔 없애뿌자!"

한때 소주를 즐겨 마셨던 아버지가 소주 마실 때마다 건배 대신 했던 말이다. 그 말만 놓고 보면 아버지는 진정한 박애주의자셨다. 예수님처럼 해로운 소주로부터 사람들을 구원하기 위해 얼마든지 제 한 몸 희생할 준비가 돼 있었다. 다만 안타깝게도 아버지의 몸이 아버지의 마음을 따라주지 못했다.

중학교 3학년 무렵이었다. 집으로 돌아왔더니 어머니 표정이 좋지 않았다. 아버지 건강검진 결과가 예상보다 나쁘게 나왔고, 아버지를 진료했던 의사는 지방간 수치와 콜레스테롤 수치가 너무 높게 나와서 술을 계속 마시면 위험하다고 했다. 그전까지만 해도 아버지는 한 번씩 잔뜩 취해서 집으로 돌아왔는데, 그날 이후 아버지의 만취한 모습은 보지 못했다.

아버지는 아무리 술에 취해도 점잖은 편이었다. 어머니는 동의하지 않겠지만, 주벽이 고약한 주변 사람들에 비하면 웬만해선 흐트러지지 않는 선비나 다름없었다. 술만 취하면 몇 번이나 했던 얘기를 고장 난 라디오처럼 되풀이하는 것만 빼고. 아버지 보릿고개 무용담은 최소 1,000번은 들었던 것 같다.

성주 철산에 아버지 고향 집 갈 때마다 다람쥐고개를 넘으면 아버지가 다녔던 지방초등학교 앞을 지나가곤 했는데,

그럼 아버지는 대뜸 '책보'를 아느냐고 물었다. 아버지는 가방이 없어서 보자기에 책을 싸서 다녔고, 등하교만 2시간씩 걸렸다고. 그에 비하면 나는 자빠지면 코 닿을 거리에 학교가 있고, 책을 잔뜩 넣어도 망가지지 않는 가방도 있으니 얼마나 큰 복을 누리고 있는지 깨달으라는 말씀이었다. 검정 고무신 말고 흰 고무신이 그렇게 신고 싶었는데, 결국 흰 고무신은 한 번도 못 신어봤다며 나더러 메이커 운동화 타령 그만하라 하셨다. 사준 적도 없으면서 말이다. 소풍날은 할머니가 도시락 싸줄 형편이 안 돼서 수돗물로 배를 채우기 일쑤였고, 학교 마치면 쇠죽을 쑤고 나무를 하러 다녔는데, 뭐라굽쇼? 다 아는 얘기니까 이제 그만하라굽쇼? 아직 999번 더 할 수 있는데…. 아버지 보릿고개 무용담만으로 책 한 권쯤 충분히 채울 수 있지만, 이 얘기는 일단 여기까지 하겠다.

아무튼 술 취한 아버지가 어린 동생과 나를 앞에 앉혀두고 어김없이 반복했던 레퍼토리 중 하나는 '푸시킨'이다. 고등학교 3학년이 된 아버지는 할머니 할아버지가 소 팔아서 마련한(소까지 팔진 않았을 것 같다, 대충 그랬을 것 같다는 얘기다) 새 학기 공납금을 들고 무작정 상경했다. 당시에는 고등학교 공납금이 꽤 목돈이었고, 그 목돈을 손에 거머쥔 아버지는 독립(가출)의 유혹을 뿌리칠 수 없었던 모양이다. 반드시 성공해서 고향을 다시 찾을 생각이었다나 뭐라나.

아버지는 빼돌린 새 학기 공납금, 아니아니 청운의 꿈을 품고 서울 땅을 밟았다. 하지만 서울은 열아홉 시골 소년에게 냉혹했고, 아버지는 목돈인 줄 알았던 공납금을 금세 탕진했다. 고향으로 다시 내려갈 차비도 없었다. 통금시간에 돌아다니다 결국 경찰서 유치장 신세를 지고 말았는데, 거기서 아버지의 인생을 통째로 바꾼 푸시킨을 만났다. 하필 아버지가 마주보고 누운 유치장 벽에 누군가가 푸시킨의 '삶이 그대를 속일지라도' 한 구절을 써 놓았던 것이다.

삶이 그대를 속일지라도

슬퍼하거나 노여워하지 말라

슬픈 날은 참고 견디라

즐거운 날은 오고야 말리니

푸시킨의 '삶이 그대를 속일지라도'에 눈물까지 흘리며 크게 감명받은 아버지는 고향으로 돌아와 마음을 다잡았다고 하는데 그건 알 길이 없다. 할머니 할아버지도 지금은 돌아가셨고, 어디까지나 아버지의 일방적 주장일 뿐이다. 그 후에도 아버지가 할머니 할아버지 속을 부지런히 썩였을지 누가 알겠나. 대신 나는 아버지가 가족을 위해 희생했던 시간은 잊지 않았다.

술 취한 아버지가 푸시킨 얘기를 반복할 때마다 동생과 나는 터져 나오는 하품을 가까스로 참았다. 아버지가 노조활동 하다 부당한 발령을 받았다는 사실 따위, 어린 동생과 나한테 그다지 중요하지 않았다. 아버지는 당장 회사를 그만두고 싶었겠지만 차마 그만두지 못한 아버지 속을 헤아릴 여유가 없었다. 메이커 운동화도 안 사주는데, 아버지가 출퇴근만 2시간 넘게 걸리는 회사를 오가든 말든 내 알 바 아니었다. 오히려 아버지가 영영 퇴근하지 않았으면 했다.

머리가 굵어지면서 아버지와 함께 있는 시간이 갈수록 답답했다. 아버지 눈 밖에 나지 않으려고 부단히 애를 썼지만, 아버지는 늘 나를 못마땅하게 여기기도 했다. 아버지가 일찍 퇴근한 날이나 모처럼 쉬는 날이면 어떻게든 밖으로 겉돌았다. 빼돌린 새 학기 공납금으로 무작정 상경했던 그 옛날 아버지처럼 가출도 여러 번 했다(그러나 나는 공납금을 빼돌린 적은 없다).

아버지를 이해할 생각이 없었고, 아버지처럼 되고 싶지 않았다. 그런데 아이러니하게도 그토록 원망하고 증오했던 아버지의 면면을 나한테서 발견할 때가 있다. 마누라와 다

투거나 애를 야단칠 때, 나는 아버지를 쏙 빼닮았다. 아버지로부터 좀처럼 자유로울 수 없었다.

지금은 아버지를 원망하거나 증오하지 않는다. 나도 언젠가 애한테 원망 또는 증오의 대상이 되는 게 두렵기 때문은 아니다. 내가 애한테 아무리 다정한 아버지가 되고 싶다 해도 애는 어느 순간 나를 원망하고 증오할 것이다. 내가 아버지를 원망하고 증오했던 것처럼 불가피한 일이다.

그렇다고 어느 날 갑자기 아버지를 이해하게 된 것도 아니다. 어머니의 남편으로서 아버지는 여전히 못마땅하다. 이제 그만 어머니 말씀 좀 새겨듣지, 자꾸 고집을 피워서 어머니가 이따금 나한테 속풀이를 하신다. 결혼 생활 절반 넘게 자기 뜻대로 했으면 성평등은 됐고, 형평성 차원에서라도 어머니 말씀 좀 새겨들어야 할 텐데 말이다.

그러니까 아부지! 어머니가 급한 일 없으니까 천천히 가자고 하면 운전 좀 제발 살살 하세요! "여는 촌이니까 개안타"

면서 신호 무시하고 지름길로 가지 마시고요! 그러다 저번에 남의 집 벤츠 들이받았잖아요! 하고많은 차 중에 하필이면 벤츠를! 작오산 갔다 오는 길에 남의 밭 옥수수 함부로 가져오지 마시고요! "여는 촌이니까 개안타"며 대충 넘어갈 일이 아닙니다! 그것도 엄연히 절도예요! 요새 CCTV가 얼마나 많은데!

한번은 사정없이 떼쓰는 애를 끈질기게 달래고 있었다. 말 안 통하는 애는 있는 힘껏 울기만 했고, 나도 애처럼 울고만 싶었다. 아버지는 그런 나를 가만히 지켜보더니 말씀하셨다.

"니가 나보다 낫네."

하마터면 정말 애처럼 엉엉 울 뻔했다. 아버지 입에서 그런 말이 나올 줄 상상도 못했다. 오이디푸스의 지독한 저주로부터 마침내 해방된 것 같았다.

나는 아버지와 다른 사람이었다. 아버지를 아무리 닮고

싶어도 나는, 아버지와 동시대를 살면서도 다른 시대를 살아온 다른 사람이었다. 그동안 아버지를 닮을지도 모른다는 두려움에 사로잡혔을 뿐이다. 그러면서 한편으로는 아버지 마음에 들고 싶어 했다.

말은 이렇게 하지만, 나도 어쩌면 술이 취해 애를 앞에 앉혀 두고 보릿고개 무용담 대신 IMF 무용담이나 2002년 월드컵 4강 신화를 얘기할지도 모르겠다.

이 밤의 끝을 잡고

¶

거의 매일 술을 마셨다. 애를 재우고 하루 일과를 마치면 자기 전에 꼭 술을 마셨다. 애를 돌보고 남는 시간을 쪼개서 일하다 보면, 애가 잠든 후의 시간이 그만큼 아까웠다. 이 밤의 끝을 잡고만 싶었고 그렇게 술을 마시다 보면 시간은 어김없이 하루의 경계를 지나가곤 했다. 남들은 24시간밖에 못 사는 하루를 2시간 정도 더 사는 것 같았다. 이튿날 숙취로 곱절의 시간을 까먹기 일쑤였지만.

지금은 애를 억지로 재울 필요도 없고, 애를 돌보고 남는 시간을 쪼개서 일을 할 필요도 없다. 애는 제법 커서 웬만한 일은 스스로 다 해결한다. 마누라와 나는 얼마든지 일에 집중할 시간을 따로 보장받을 수 있다.

그러다 보니 마누라와 나는 이 밤의 끝을 잡을 만한 명분이 필요했다. 가령 이런 식으로…. 연재 원고 마감했다고? 그럼 한잔해야지. 콘티를 세 장이나 짰다고? 그럼 한잔해야지. 오늘 날씨 좋은데? 그럼 한잔해야지. 오늘은 아무 껀수가 없는데? 그래도 한잔해야지.

다른 사람들도 우리처럼 살까 싶었다. 술은 이따금 기념할 만한 일이 있을 때만 마신다거나 일절 안 마신다는 사람을 만나면, 마누라와 나는 최대한 아무렇지 않은 표정으로 말했다.

"뭐 당연히 그럴 수 있죠."

그러나 그 순간 마누라와 나는 마치 태어날 때부터 술을 마신 사람들처럼 텔레파시로 같은 말을 주고받았다.

"아니 어떻게 그럴 수 있지?"

헬싱키 만화축제에 초대받았을 때는 잃어버린 이산가족이라도 찾은 기분이었다. 대낮부터 양 손에 술잔을 들고 다니면서 맥주를 위스키나 보드카 안주 삼던 헬싱키 만화가 친구들이 도무지 남 같지 않았다. 덕분에 낯선 여행지가 꼭 내 집처럼 편안했고, 처음 만난 친구들과도 금세 친해질 수 있었다. 만화축제를 다녀온 건지 술축제를 다녀온 건지 헷갈렸지만 말이다.

그러나 부디 오해 없으시길. 술이 없으면 못 산다거나 매일 술을 마셔야 한다는 얘기는 아니다. 음주 말고 별 다른 취미가 없을 뿐이다.

앞서 말했듯 마누라와 나는 육아와 일을 병행하던 시절, 그러니까 전쟁 같던 시절을 함께 보내면서 아쉬운 마음에 거의 매일 이 밤의 끝을 잡다 보니 그렇게 됐다.

지금은 예전과 달라졌지만, 이 밤의 끝을 잡던 습관이 관성처럼 남았다.
돌이켜보면 술을 마시고 이튿날 육아와 일을 병행했던 시절은 그나마 체력이 좋았다. 지금은 그럴 만한 체력도 안 되고, 숙취도 예전보다 오래 간다. 일에 집중할 수 있는 충분한 시간을 보장받았지만 생산량은 떨어졌다. 이쯤 되니 마누라와 나에게는 술 없이도 재밌게 살 수 있는 대안이 필요했다.
다른 취미 개발 차원에서 최근에는 등산도 다니기 시작했다. 산에 오르면서 땀을 흠뻑 흘리고 나면 몸도 마음도 한결 홀가분해졌다. 아, 이 맛에 등산하는구나 싶었다. 그런데 하산하고 마시는 술은 왜 또 그렇게 맛있는지…. 등산 다니면서 오히려 주량이 늘었다. 하산하면서 술을 참아야겠다는 생각은 미처 못해봤다.
알코올 중독인가 싶어서 관련 의료업계 종사자 친구에게

조심스레 묻기도 했다. 친구는 자기도 마누라와 나 못지않게 마신다며, 주변 사람을 괴롭히지 않으면 중독이라 보기 어렵다고 했다. 다행히 마누라와 나는 술을 마시고 주변 사람을 괴롭히는 편은 아니다. 적당히 마시고 적당히 취하면 그대로 잠이 든다. 말하자면 이 밤의 끝을 끝까지 잡아본 적이 없다.

한번은 마누라와 함께 건강검진 받을 때였다. 문진표를 작성할 때 일주일에 몇 번 술을 마시냐는 질문에 뭐라고 대답해야 할지 한참 망설였다. 거의 매일 마신다고 하면 알코올 중독으로 의심받을 것 같고, 그렇다고 거짓말을 할 수도 없는 노릇이었다.

나는 고민 끝에 일주일에 네 번 정도 마신다고 썼다. 아주 거짓말은 아니었다. 어떤 주는 바빠서 술을 한두 번밖에 못 마시니까 평균 네 번 정도면 적당하다고 생각했다.

마누라는 내 문진표를 모범 답안지라도 되는 것처럼 훔쳐보더니 자기는 세 번 정도 마신다고 썼다. 마누라는 나보다 한 잔 더 마셨으면 더 마셨지, 결코 덜 마시지 않는데 말이다.

에필로그

왜 취하는가, 어차피 깰 건데
왜 사는가, 어차피 죽을 건데

¶

술은 왜 마시는가? '음주욕'을 주제로 책까지 내는 판에 한 번쯤 정면으로 마주했어야 하는 질문이다. 그런데 나는 이 책의 원고를 쓰는 동안에도 그 질문만큼은 애써 피해왔다. 당연한 일이다. 그전까지 나는 왜 술을 마시는지 한 번도 생각해본 적 없으니까. 소똥이나 말똥만 보면 일단 굴리고 보는 쇠똥구리처럼 그냥 마셨다. '음주욕'을 주제로 책까지 내게 될 줄 몰랐다.

이 책을 기획하고 편집한 드렁큰에디터는 이게 술에 관한 이야기인지 마누라에 관한 이야기인지 헷갈린다고 했다. 그럴 만하다. 술로 시작한 이야기가 마누라로 끝나기 일쑤고, 그만큼 내게 술과 마누라는 떼려야 뗄 수 없는 관계다. 그렇다면 이건 '음주욕'보다 '마누라욕'에 훨씬 더 가까운 책이다. 물론 마누라를 공개적으로 욕할 생각은 없지만.

다시, 술은 왜 마시는가? 그랬더니 엉뚱한 질문만 이어졌다. 공복인데 방귀는 왜 뀌는가? 가렵지도 않은 콧구멍은 왜 후비는가? 이게 무슨 만화냐고 쿠사리 먹는 만화는 왜 만드는가? 안 팔리는 글은 왜 쓰는가? 나는 왜 사는가? 결국 답 없는 질문의 끝판왕이나 다름없는 '나는 왜 사는가?'까지 나왔다.

그런 답 없는 질문 끝판왕에 이를 때마다 김창완 아저씨를 떠올린다. 김창완 아저씨가 중학교 2학년일 때, 하루는 땡땡이를 치고 계동 1번지부터 시청 앞까지 하염없이 걸었다고 한다. 그 길에서 마주친 어른들한테 다짜고짜 물었단다.

"왜 살아요?"

어른들의 대답은 한결같았다고 한다.

"쓸데없는 생각하지 말고 공부나 해라."

"너도 커보면 알아."

어린 시절의 내가 들었던 대답과 어쩜 이리도 똑같은지. 나는 이런 시시한 대답이나 하는 어른은 되지 말자고 굳게 다짐했었다.

그런데 막상 어른이 된 지금은 자신이 없다. 왜 사는지에 대한 그럴싸한 대답은커녕 '음주욕'을 주제로 책까지 내면서 아무런 대책이 없다. 누군가 왜 술을 마시냐고 물으면 내 머릿속은 어김없이 블루스크린 상태가 되고 만다. 술도 한 방울 안 마셨는데 제정신으로 돌아오기까지 한참 걸린다.

김창완 아저씨는 그래도 나름의 답을 찾은 모양이다. '산울림'의 빛나는 순간들을 함께했던 동생이 사고로 죽고 나서 김창완 아저씨는 한동안 두문불출했다. 얼마 뒤 새로운 노래를 들고 돌아온 김창완 아저씨는 말했다. 삶은 오랜 세월을 통해 완성되는 게 아니라 매순간 완성돼야 한다고. 그래서 만든 노래가 〈열두 살은 열두 살을 살고, 열여섯은 열여섯을 살지〉였다.

미리 알 수 있는 건 하나 없고
후회 없이 살 수 있지도 않아
피할 수 있다면 피하고 싶지만
다 겪어봐야 알 수 있는 게 있지

술을 마시는 이유도 마찬가지 아닌가 싶다. 내일의 내가 술 마시는 오늘의 나를 멱살 잡고 싶더라도, 지금 당장 즐겁고 싶다. 적어도 나는 술을 마시는 동안에는 알 수 없는 내일보다 '지금 이 순간'을 아낄 수 있었다. 그 수많은 '지금 이 순간'을 마누라와 함께했다. 왜 마시는지 모르고 마셨지만 술 마시는 매순간 즐거울 수 있었다면, 그것만으로도 나쁘지 않다.

추신.

김창완 아저씨가 사이코패스 성형외과 의사로 나오는 〈닥터〉라는 영화가 있다. 온갖 악평에도 불구하고 순전히 김창완 아저씨에 대한 팬심으로 보기 시작했는데, 도저히 끝까지 볼 수 없었다. 몇몇 장면은 너무 민망해서 주먹을 깨물어야 했다. 김창완 아저씨는 대체 왜 이런 영화에 출연했을까. 영화 개봉 약 2년 뒤, 김창완 아저씨는 JTBC 〈뉴스룸〉에 출연해 〈닥터〉는 관객의 돈을 뺏는 영화였다면서 그 영화에 출연하기로 결심했던 자신의 선택을 후회한다. 시나리오부터 이상했지만, 왜 이런 영화를 찍는지 궁금했다고 한다.

참고로, 김창완 아저씨가 노래 〈열두 살은 열두 살을 살고~〉를 발표한 건 그보다 7년 전이다. 뻔히 알면서도 자빠질 수밖에 없는 게 인생이라고 몸소 증명한 셈이다.

넥스트에세이 미리보기

04 이유미 〔공간욕〕

책으로 가득 찬
카피라이터의 작업실

잠이 안 오면 책 읽으러 와요

¶

몇 해 전 회사에서 일본으로 출장을 갔다. 그때 처음으로 '츠타야'라는 서점을 알게 됐다. 츠타야는 브랜딩과 콘셉트가 이미 유명해질 대로 유명해진 곳이다. 많은 곳에서 츠타야를 롤모델 삼는다. 나도 처음 그곳에 방문해 다양한 종류의 책은 물론, 서점 안에 입점한 스타벅스며 책과 관련된 아이템을 흥미롭게 접했다. 워낙 서점을 좋아하니 그 안에서 오래도록 머물고 싶은 생각뿐이었다.
그때 내가 가장 부러웠던 건 밤 늦은 시각에도 운영되는 서점이란 거였다. 당시 우리가 서점에 간 시간은 밤 11시였다. 그 시각에도 츠타야는 사람들로 북적였다. 우리나라에도 심야책방이 없진 않지만 이렇게 대형 매장이 밤늦게까지 하는 경우는 드물다. 동네책방이 점점 늘어나면서 심야 운영을 하는 곳도 있지만, 이런 책방은 대부분 서울에 밀집되어 있다. 동네책방 자체가 드문 지방 소도시에서 심야책방까지 찾기란 무리다.
자, 그렇다면 내가 하면 되지! 내가 운영하고 있는 '밑줄서점'에서 할 수 있는 다양한 이벤트를 떠올려봤다. 단연 심야책방이 영순위를 차지했다. 누구보다 책방 주인인 내가 하고 싶었으니 한번 해보는 거다.

매일 심야책방을 하긴 힘들 테고, 긴장이 좀 풀어지는 금요일 밤에 심야책방을 열어보면 어떨까. 격주에 한 번씩 금요일 밤마다. 그날은 책방 문을 평소보다 조금 늦게 여는 대신, 밤 12시나 새벽 1시까지 운영하는 거다. 아무도 오지 않을 수도 있고 예상외로 많은 사람들이 심야책방의 문을 두드릴 수도 있다.

밑줄서점에는 주말 동안 직장인들이 가끔 찾아오는데, 그들에게 심야책방에 대한 정보를 살짝 흘렸더니 꽤 관심 있어 했다. 퇴근이 늦은 평일에는 밑줄서점의 불이 꺼져 있어 아쉬웠다면서, 심야책방을 하게 되면 반드시 오겠노라고 했다. 책방에서 어떤 이벤트를 하든 꼭 필요한 사람에게 닿았으면 하는 게 나의 바람이다. 그런 우연한 한 번의 경험이 책을 계속 읽게 되는 계기가 될 수 있을 테니까.

'맥주 한 모금에 한 페이지'

SNS를 보면 책과 맥주를 함께 찍어 올리고 '#책맥'이란 태그를 단 피드를 가끔 본다. 그러고 보니 제대로 책맥(맥주를 마시며 책 읽는 것)을 해본 경험이 없었다. 예전에 내가 진행했던 글쓰기 수업의 어느 수강생의 SNS 피드는 대부분 책맥이다. 그녀는 맥주와 책을 좋아한다. 세계 각국의 다양한 맥주를 찾아서 마신다.

집에서 편한 옷차림으로 홀로 즐기는 책맥도 좋지만, 책방에서 책맥하는 사람들이 특히 부러웠다. 그렇다면 이것 또한 내가 하면 된다! 심야책방과 더불어 책맥 계획도 가볍게 세웠다. 이것도 역시 격주에 한 번씩 금요일 밤이나 토요일 밤에 해보면 어떨까?

밑줄서점에선 맥주를 팔지 않으니 바로 옆 편의점에서 캔 맥주 하나를 사오면 된다. 단, 300미리든 500미리든 맥주는 하나로 제한. 너무 취해서 주객이 전도되면 안 되니까. 서점에서 읽고 싶은 책을 골라 맥주 캔을 딴다. 아무래도 열대야로 잠이 오지 않는 여름밤에 제격이겠지.

이런 구상을 할 때마다 머릿속에 떠오르는 장면이 있다. 집에 있기 답답해진 누군가가 슬리퍼를 찍찍 끌고 밖으로 나온다. 편의점에 들러 캔 맥주 하나를 사서 검은 비닐봉지에 담아 터덜터덜 책방으로 온다. 서점에 꽂힌 많은 책을 둘러보다가 눈에 띄는 책 한 권을 뽑아 자리에 앉는다. 일단 시원한 맥주를 한 모금 들이켠다.

아! 상상만으로도 기분 좋다.

(다음 달에 계속)

혼자를 충전하는 곳

¶

신종 코로나바이러스로 온 나라가 뒤집혔다. 유치원부터 초중고 개학이 장기간 미뤄지고 그마저도 온라인 개학으로 대체하는 이례적인 일이 벌어졌다. 사십 평생 이런 적은 처음이다. 바이러스로 개학이 미뤄지다니. 정부에선 사회적 거리두기를 시행하며 가급적 외출을 삼가라고 했다.

집에 있는 시간이 길어질수록 나는 반미치광이가 되어갔다. 짜증이 늘고 무기력해졌다. 집안일을 할 시간은 늘었는데 손발이 거들지 않았다. 몸은 계속 침대에 늘어져 있고만 싶었다. 이불을 뒤집어쓰고 뉴스만 들여다봤다. 때가 되면 간신히 일어나 밥을 하고 청소기를 돌리는 정도였다.

열과 성을 다해 아이와 놀아주지 않는 내 자신이 싫어져, 오히려 눈치 보는 아이에게 화를 내기도 했다. 애가 무슨 잘못이라고. 내가 왜 이렇게 기운이 없는지, 바이러스에 감염된 것도 아닌데 왜 이렇게 온몸이 무거운지 알고 싶었다.

답은 간단했다. 혼자 있고 싶은 것이다. 24시간 아이와 붙어 있어야 하는 초유의 사태. 주말을 포함해 평일 내내 재택근무 하는 남편까지 집에 있다 보니 답답하기가 이루 말할 수 없었다.
평소라면 하루 중 8시간 정도는 혼자 있을 수 있었다. 그게 집이든 책방이든 그 어디든, 나는 혼자서 자유를 만끽할 수 있었다. 난 혼자여야 충전이 되는 사람이다. 깊이 생각해야 할 것들은 나만 있는 공간과 시간으로 미뤄두곤 했다.
그런데 코로나19로 혼자 있을 시간이 아예 없어진 것이다. 바이러스 확산 방지 때문에 책방은 열지 못해도 집에서 원고를 쓰거나 검수하는 일들을 처리해야 하는데, 아이 때문에 손도 못 대고 있었다. 참다못한 나는 아이를 재운 뒤 밤 10시가 넘어 책방으로 갔다.
혹시 모르니 문은 안에서 잠갔다. 며칠 동안 책방을 열지 못해서 실내가 썰렁했다. 난방기부터 틀고 전면 창에 블라인드를 내렸다. 전체 조명이 두 개인데 아늑한 게 좋아 하나만 켰다. 후우우- 긴 숨이 저절로 쉬어졌다.
혼자일 수 있는 곳에 온 거다, 드디어. 책방을 오픈하고 블라인드를 끝까지 내려본 건 이번이 처음이다. 이렇게 밤에 책방을 작업실로 쓰게 될지도 몰라서, 인테리어 공사할 때 블라인드 설치까지 해두었던 참이다. 코로나 덕분(?)에 심야 작업실을 제대로 써보게 되다니.
블루투스 스피커를 노트북에 연결해 음악을 틀었다. 커피포트에 물을 따르고 스위치를 올렸다. 종이컵에 믹스커피를 부었다. 밤이 늦었지만 마시기로 한다. 서가에서 읽고 싶은 책을 툭툭 뽑았다.

책방 안쪽 구석의 작은 내 책상이 아닌, 가운데 손님용 큰 테이블 위에 책을 늘어놓고 읽고 싶었다. 아무도 보는 사람 없으니 내 마음대로 해야지. 이제부터 충전 시작.

어느덧 시계를 보니 새벽 1시다. 책방에 온 지 30분밖에 안 된 것 같은데 벌써 세 시간이 훌쩍 흘렀다. 잠은 오지 않지만 이제 들어가야 할 것 같다. 주섬주섬 가방을 챙겼다. 오래전 학창 시절, 독서실에서 집으로 돌아갈 때의 기분이 이랬던가? 아니다. 그땐 얼른 집에 가고 싶었지만 지금은 아니다. 계속 여기서 혼자이고 싶다.

지극히 개인주의 성향이 강하고 남보다 나를 우선시하는 나 같은 사람에게, 타의에 의해 가족과 함께 있어야 하는 24시간은 너무 가혹하다. 그나마 이렇게 혼자가 될 수 있는 공간이 있다는 게 얼마나 다행인지. 한번 잠들면 아침까지 깨지 않고 잘 자는 아이와 늦은 시각인데도 별다른 이유 묻지 않고 보내주는 남편도 고맙다.

아, 뭐야. 혼자 있었더니 벌써 충전이 된 건가. 마음이 막 넉넉해지네.

(다음 달에 계속)

먼슬리에세이 03 음주욕

일도 사랑도
일단 한잔 마시고

2020년 7월 27일 초판 1쇄

지은이 권용득

펴낸이 남연정

디자인 석윤이

펴낸곳 드렁큰에디터

출판등록 2020년 4월 20일 제2020-000042호

이메일 drunken.editor.book@gmail.com

인스타그램 @drunken_editor

ISBN 979-11-90931-04-5 (02810)

• 드렁큰에디터는 컬처허브의 브랜드입니다.